梁海峰★著

革命熔炉火最红

中国财政经济出版社

图书在版编目（CIP）数据

革命熔炉火最红：中篇小说/梁海峰著．—北京：中国财政经济出版社，2011．1

ISBN 978－7－5095－2518－0

Ⅰ．①革…　Ⅱ．①梁…　Ⅲ．①中篇小说－中国－当代　Ⅳ．①I247．5

中国版本图书馆 CIP 数据核字（2010）第 193669 号

责任编辑：王　飏　　　责任校对：杨瑞琦

封面设计：九州设计　　版式设计：汤广才

插　　图：王小钦

中国财政经济出版社出版

URL：http：//www.cfeph.cn

E－mail：cfeph @ cfeph.cn

社址：北京市海淀区阜成路甲 28 号　邮政编码：100142

发行处电话：88190406　财经书店电话：64033436

涿州市新华印刷有限公司印刷　各地新华书店经销

787×960 毫米　16 开　16.25 印张　172 000 字

2011 年 1 月第 1 版　2011 年 1 月涿州第 1 次印刷

定价：26.00 元

ISBN 978－7－5095－2518－0/I·0014

（图书出现印装问题，本社负责调换）

本社质量投诉电话：010－88190744

目录

一、连队给拉跑了

“好他个赵大江，敢擅自把队伍拉跑了！”三营长孙福林气急败坏地拍着屁股、跳着脚地大骂。他站在营部院子里，指着通讯员喝问：“你他妈的，昨晚上的通知到底给七连送到了没有啊?!”

“营长！”通讯员急得带出哭腔：“七连长在签收簿上签了字呀！不信你看嘛。”

“妈的赵大江，他活腻了！这是找着蹲笆篱子（监狱）。”孙福林切齿骂着七连长赵大江，掉转头，冲着早操遛马回来的营部通讯班长大吼下令：“你快，给我骑上马去追！必须把七连给我追回来。”

“是！”通讯班长二话不说，跳上营部的黄骠马，掉头冲出营部院子。

黄骠马四蹄翻飞，卷起一路烟尘，风驰电掣而去。

暮秋时节，秋收已过。华北平原上一派空旷肃杀气象。一弯冷月高挂，钩启黎明前的夜幕，将万物染上青冽的霜色。大地上阵阵寒风飒然掠过，扯动得大道旁的树枝和残叶发出“呜呜”沉吟。

中国人民解放军陆军第七九一团七连疾进在这片广袤的

原野上。

这是一段发生在三十多年前的虽平淡无奇却也历久弥新的故事。

是年为公元1972年，七连的任务是在柏各庄军垦农场搞生产。

“南有南天洋，北有柏各庄。”当年的柏各庄农场，以“盐碱地上稻花香”闻名全军。

新中国成立后，军队依然与全国人民同甘共苦。当兵的伙食标准是每天四毛六分钱，“三钱油，五钱盐，一斤半粮食。”赶上三年自然灾害，他们为填饱肚子同样犯难。那时部队训练结束，每人都要去掐把野菜带回营房，伙到粮食里煮野菜粥。

喝野菜粥管够不顶饱，是个骗自己的办法，战士们的肚皮越喝越大。一顿喝下五六海碗的菜粥，不出一个小时就全往下走了水。几天下来，兵们都饿得饥肠如鼓，个个眼睛发绿，再饶不过可吃的东西。

于是到1962年，师里为落实毛主席“人民解放军是战斗队、工作队、生产队”的指示，命令部队开进了这片沉寂千年的盐碱滩。他们开沟挖渠，引水压碱，历经数年开垦，造就了这个盛产优质“小站稻”的万顷农场，解决了部队吃饱肚子的问题。

这农场的来水渠有一段经过一带沙丘，年年要挖沙清淤，才能保证来年引水顺畅。是年收了秋，团里把清沙施工的任务派给了七连，还“加强”了特务连的工兵排来。

此时，七连就是行进在赶往施工地的途中。

神色庄重、闷头儿走在队伍最前面的，正是七连长赵大江。他身后跟进的连队按序列排列，显得高矮参差，有点散乱。弟兄们身上只背了轻武器，脚步比较松快。整支队伍里没有人说笑，大家都默默无语，步履匆匆地一个劲儿赶路。

确定了施工任务和出发时间后，七连就作了安排。除火箭筒四排留守外，其余三个步兵排整装待发。昨晚团里组织全团在大操场看电影，是最新进口的朝鲜故事片《卖花姑娘》。临出发前，营部通讯员送来通知：因开赴施工地的调动令尚未接到军区司令部批复，七连明早暂时待命。赵大江匆匆看过签上字，就拉着连队奔了团部大操场。

五个多小时的电影看完，回到营房已是深夜。满脸泪渍的赵大江懒得洗脸，吞下两片安眠药，就上床睡了。清晨五点，司号员按原定计划吹响了起床号。赵大江早把通知的事情忘得一干二净，爬起身集合队伍就出发了。赵大江尚未觉察到自己工作上的疏忽。他和他的连队都依然沉浸在对昨晚电影的回味中。说实在的，那部电影的魅力太大了，在当时绝对“感动中国”！在那个物质和文化生活都极为匮乏的年代，偶遇一次文娱“大餐”，任何人都会被“麻翻在地”，心神错乱的。当时中国的电影只有“新闻简报”，电影明星只两人——周恩来接见外宾、西哈努克在中国游山玩水。这部号称“悲剧艺术经典”的《卖花姑娘》骤然登陆中国，当即招得八亿人民泪雨滂沱。所有人在看这部电影时，全是鼻涕一把泪一把，哭得一塌糊涂，看过后全都持续伤感到找不着北，想想依然要鼻子发酸。要不赵大江怎么会对自己的过失浑然不觉，七连的弟兄们也全在闷头行军不吱声呢？他们的脑子里已经集体进水，全让《卖花姑娘》泡发了。

赵大江哪里晓得，在这日子口上的工作疏忽，已是触犯了罪不可恕的军法！

一年前在中国的政治舞台上，发生了林彪集团策动武装政变的“九一三事件”。此时的军队内部，依然处在防范内乱最为紧张和敏感的时期。

林彪集团不仅是军事集团，而且制定有发动武装政变计划的纲要性文件——“五七一工程纪要”（意为“武装起义”）。他们计划在1971年秋毛泽东到南方视察时动手：先是用轰炸机强击毛泽东的专列，再以埋伏的特种部队用火箭弹实施第二次打击，最后用强力炸药销毁一切罪证。所幸一些蛛丝马迹引起毛泽东的怀疑，他突然决定提前返京，打乱了他们的计划。林彪认为罪行败露，于九月十三日夜抢了架飞机仓皇出逃国外，最后摔死在蒙古国的沙漠中。

策动军队叛乱的“九一三事件”，为中共自建军以来前所未有，中央立即对全军部队采取严厉措施进行掌控和整肃。中央军委发出了“一级战备令”，严密防范全军部队的任何异动。

尽管等同于战争状态的“一级战备令”已经解除，但即便是在平时，擅自拉走一支部队也是为军法所不容的。触犯军法不同于犯错误，犯了错误至多是背个处分，在批评会上让人点着鼻子整治一顿。触犯了军法可了不得！其下场是被军事法庭的宪兵“啪、啪、啪”将领章帽徽一撕，抖出法绳五花大绑地捆了，押走执行军法！

唉，七连的这帮傻小子们呀！

连队急行至天光放亮。文书徐小斌迎着扑面的晨光，从队伍的后面大步赶了上来。他靠近赵大江，小声提醒说：“连长，都走了一个多小时了。咱不休息休息么？”

赵大江猛地回过神儿来。他跨到路边站住，抬头望望展亮的天色，再看看手表。他犹豫着问：“我们走出来还没有二十里路吧？”

“嗨！连长，你急啥呀？心里光念叨‘（卖）花姑娘’了吧？”徐小斌凑趣地笑道：“这速度快跟强行军差不多了。您在前面倒是大步走着，人家后面三排的弟兄们得小跑才跟得上。总共也就是八十多里路，早到点、晚到点还不都一样？”

“不行！”赵大江断然否决，他很反感徐小斌这种满不在乎和在他面前主张意见的作风。徐小斌的话，反倒令他放弃了休息一下的想法。他瞪起眼睛道：“你少讲点怪话！连队是在执行任务，松松垮垮了不行。早到了，也好早做施工准备么。”

过午，七连到达了施工驻地王家坨村。

队伍刚分好房子住下，就见村口开来了一辆吉普和两辆解放卡车。两辆卡车上，一辆载了特务连的工兵排，一辆载了七连的炊事班和全连的背包、给养。汽车在村口打麦场边停住后，三营长孙福林率先从吉普车里钻出来，跟着从后门跳下两个身材高大、军容整洁的军官，不苟言笑地站定在孙福林身后。

七连的兵正在打麦场上用麦秸编垫在铺下的草帘子，见营长坐了吉普车来，感到诧异。

那年头遵照林彪“团以下，骡马化”的指示，步兵团的运输全靠马拉大车。全团仅有一辆配给团首长的北京吉普，是唯一的机械交通工具。这次施工是给农场出公差，农场派汽车送来被服给养理所当然。却不知为何，今天营长能有资格享受团首长的待遇?

孙福林是个宽肩乍背的山东汉子。他三十出头年纪，在营里号称“老爷子”。如果就他受胃溃疡折磨而微见驼背的形象，又总好背手走路的架势看，倒还真装得像那么回事儿。

孙福林下车后撒眼看了，掏出盒一毛三分钱的“永红”牌香烟点上一支。他发狠地猛吸两口，一点儿不带糟踏地全闷进口里，再裹动舌头将烟在口中搅了，贪婪地全部吞下，少倾，才见他鼻孔中徐徐飘出几丝烟气。

孙福林扫视过麦场上的兵，捡中站起身的文书徐小斌，发话喊他快过来。

徐小斌跑过来立正敬礼。不待他开口，孙福林耷拉着脸问：“七连什么时候到的?”

徐小斌大声报告：“报告营长，我们连一点二十分到达，刚刚安顿好，正在整理内务。”

“你们连长赵大江呢?”

“报告营长，我们连长刚才下到各班驻地去看看了。”

“去！马上找到他，叫他跑步到这儿来见我！”

“是!”徐小斌见营长的脸色吓人，先自感觉紧张。他再悄悄打量下营长，又觑一眼那两名军官，赶紧转身跑进村里。

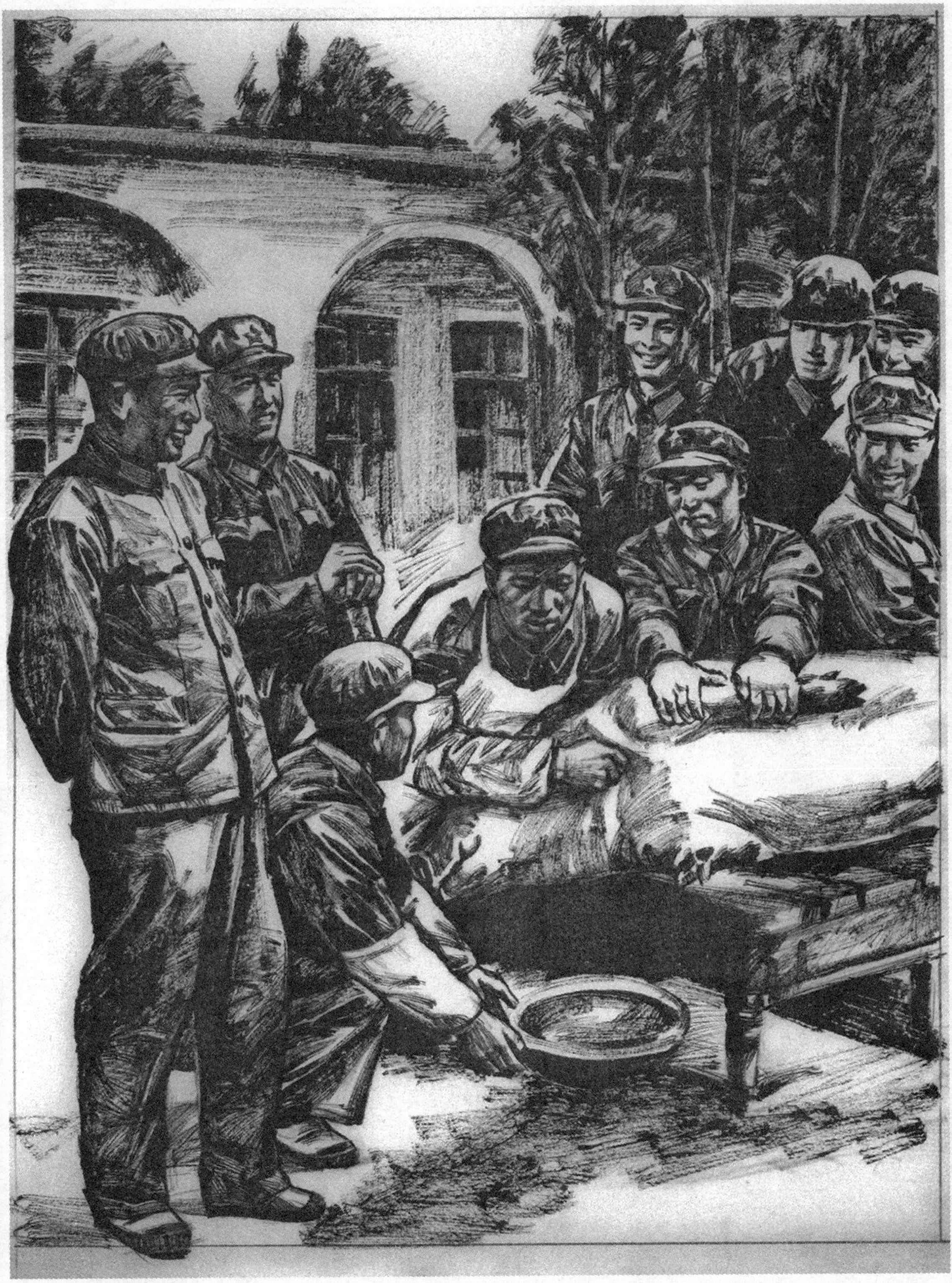

二、营长号称“老爷子”

孙福林抽着烟，原地转磨地等赵大江。

孙福林是1958年的兵，为人勇武，性情刚毅，肩上扛过几天少尉肩章。他入伍后秉承“军人凭武功报效国家”的理念，在锻造自己身手技能上，着实吃过一番苦。1965年全军“大比武”时，他在军里得了刺杀比赛第一名，被军党委授予“军事技术标兵”；而后又被选拔进给军委首长做表演的“尖子班”。

尖子班的兵非常人所能胜任。他们个个身怀绝技、武功超群。这等军事技能，绝非时下武侠秀的花拳绣腿，凭的是真刀真枪敢玩命！他们汇报表演的一个作训科目，是全副武装从四层楼的楼顶，不加任何保护地飞身扑向二十米开外的一排大树；在飞至树尖的瞬间抓住树梢，借助树枝的弹力落地站稳，而后迅即展开一系列突击动作。

孙福林在一次给军委首长的汇报表演中，因树干意外折断摔到地上，被摔裂了小腿骨。他却像根本没事儿样咬牙起身，坚持做完后续动作，跑步回到队列中站定。直至首长们接见并跟他们亲切握过手走了，孙福林才昏倒在队列里。因此，他被军党委授予了二等军功。

孙福林敢于自称“老爷子”摆谱，凭的就是他在全营、乃至全团唯我独有的这点儿资历。人生在起步阶段所受到且受惠的教育，往往给人种下终生不渝的信念。孙福林所恪守的信条是：当兵的就要发扬革命军队的光荣传统，练就过硬的军事技术保家卫国；要敢于把心里争第一、当标兵的念头公开喊出来，绝不给自己留下服输的退路！

正是这种凡事认准了就“一根筋”到底的犟脾气，筑就了孙福林在军旅生涯前期的一路飘红，从七连的排长、连长，而至越级提拔为营长。也因了他有资本公开宣示要“发扬光荣传统”，使得他和营部的黄骠马，在团里成为众认的标志性符号。那匹黄骠马也是在“大比武”时，得过军里骑兵通讯员比赛第一名。孙福林对此十分享受，觉得这种英雄与骏马既是命定缘分，更是绝配，便添了到哪儿都骑着黄骠马的嗜好。可是近年来，他越来越感到自己和黄骠马这一对老“光荣”，似乎有点儿“过气儿”，在部队里越来越“不得烟儿抽”。这令他暗生“廉颇老矣”的感慨，更加深了对黄骠马英雄相惜的依恋。

其实这事儿的缘由显而易见。早在孙福林当上营长前，部队形势就起了重大转变。正规化建设的“老一套”，已经让位于“政治挂帅”的新方向。光知道喊打喊杀地练把式，您那叫“单纯军事观点”！可似孙福林这号认准了就“一根筋”的主儿，必是有股撞了南墙也不回头的傻气。他这种不识变通的性格缺陷，极易被上级当成是骄傲自负、保守抗上。对此，上级没少给过他警示：不要吃老本，要立新功！孙福林多少也明白形势已经改向，也有想再立新功的想法，想再挣出表现来以利进步。可他这秉性难移的臭毛病，就是不跟劲！哪次都是在即将“露脸儿”的最后关头，自己犯糊涂把事情给彻底搞砸了。

那次毛主席发出最新指示：广大干部下放劳动，这对干部是一次重新学习的极好机会。团政治处要写上报的“部队情况反映”。听说三营长上午下稻田参加了劳动，赶着大中午地打电话采访他，请他谈谈体会，以作生动事例写进材料。正午睡的孙福林给喊起来听电话，当即十二分恼火。他脑袋里朦胧的想法：参加劳动很正常么，跟最新指示有什么关系？就对着话筒发脾气：“体他妈什么会的体会？我的体会就是：劳动就累，累就难受！”

这还了得！竟敢公然对毛主席的最新指示恶毒攻击！绝对是“反革命”，还是逮的现行！好在团里知道他就这“老逆”的脾气，脑后有反骨好抗上。团里虽然对这事儿没追究，但显然是更加对他丧失了信心，内定为：孙福林同志属于“船到码头车到站”啦。

孙福林倒也有自知之明，当营长三年了还没见“动静”，估摸自己的军阶怕是升到了头。想来自己一个挺惯了腰板的人，愣要折弯下来就乎，怕是再装也不像那回事儿。他索性爱谁谁了，干脆由着性子耍了，还就是躺在过去的“老本”上，等着组织上给办转业！于是孙福林开始在营里自诩为“老爷子”，也名副其实地玩起“老爷子”作风。上有所好，下必恭顺，何况人家营长本来就当之无愧。于是三营的弟兄们真就认可了他是“老爷子”。

孙福林此番窝着火来七连，倒也并不全是为赵大江工作过失一事。对于现任连长赵大江，他并不非常在意。赵大江不是他亲手带出的兵，离“战友战友亲如兄弟”还差着点儿。赵大江是因荣获师里“学毛选（《毛泽东选集》）积极分子标兵”，从二营调来的干部。当然，孙福林对赵大江这个人还是认可的。军人光靠玩花活儿不行，当兵的能闹到手个荣誉什么的，必定动过真格的、拼出过感人事迹。赵大江属于时下紧跟形势的连队干部，跟他孙福林的路数不大投缘。赵大江当然也赞成“发扬光荣传统”，但他行动中的表现，却总给人以左顾右盼、举而不坚之感。这也无可厚非，人家还要发展么，左右逢源可以理解。

真正令孙福林恼火的是今天上午七连还出了一档子事情，而且是出在他亲自挑选进部队、亲自带过的兵——四班长肖书田身上。

军人不管官升到多大，割不断的情结就是“爱兵”！这不仅因为军功是要靠当兵的流血流汗拿命换，还源于共产党的军官大都是从兵堆儿里滚出来的，有对兵的天然感情。何况无论古今中外，军官讲究的是要依靠起家的“老底子”。没有嫡系部队绝对忠诚的支持，手下的其他部队能乖乖听你的？所以任何军官都必定格外地看重自己的老部下。

孙福林的人生起始于七连，官阶也起步于七连。眼下七连的骨干，基本都是他当连长时带出的兵，换句话说，都是他的弟兄战友。于军人而言，战友之情压倒其他一切情感！那是白天一个锅里吃饭，夜里一个通铺睡觉，平时一起流汗，战时一起淌血攒下的生死情！七连的建设，凝聚着孙福林的心血；七连的作风，处处烙着他的印迹。要不怎么叫“老爷子”？七连的兵就是他的孩儿！他对七连的“舐犊”情深自不待言。在他的心目中，七连和他带过的兵让他由衷牵挂，更容不得他们有任何让他看不过眼的事情。

啥叫“老爷子”？就是规矩大、家教严！

孙福林抬眼，见到七连长赵大江正急慌慌地从村子里跑出来，后面跟着文书徐小斌。孙福林再拉下脸来，背了手狠着脚步迎上去。

赵大江显然已经记起了“通知”的事情，再听说跟营长同来了两名军官，便意识到问题很严重，有大祸临头之感。见营长阴沉着脸迎上来，他心中更加惊慌，却强挤出尴尬的怪笑站定，有意出“洋相儿”地举双手敬礼：“营长好！”

“好个屁！”孙福林隔着老远就发开了“老爷子”脾气：“你他妈的！谁同意你天不亮就拉上部队跑啦，啊？营里给了你们通知，你还敢擅自开拔？你知道这是什么罪过？知不知道，这是触犯了军法，啊？这要是赶上打仗，我他妈一枪崩了你！”

尽管营长这通劈头盖脸的臭骂并非意外，但赵大江骤然遭遇到，仍是惊愕。他刚端出的笑容僵死在脸上，张着嘴怔住了。

“你跑得倒快！”孙福林继续发火：“我早上还说到七连看看，怕部队情绪不稳定。结果连个人影儿都见不着！通讯员骑马整整追出四十里，到了也没把你给追上！这是什么日子口儿，你不会不知道吧？林彪要调动军队搞政变，你也想拉着部队造反？”

“我，我……”赵大江张口结舌，急切间竟跟不出话来。

“营长，”文书徐小斌鬼精，他觉着自己在营长面前有点儿面子，从旁替连长开脱道：“我们连长最近老失眠。他昨晚上吃了安眠药，把通知的事情给忘了。”又悄悄指指跟过来的那两个军官，示意营长照顾点儿连长的面子。

“一边去！没你说话的份儿。”孙福林斥道，徐小斌吓得一缩脖。

孙福林抬手点着赵大江的脑门，继续狠剋：“失眠，这是个理由么，啊？组织上把这么大个连队交给你，你的责任心到哪里去了？”

赵大江干脆低下头认命：“是！”

那两个军官走过来。其中一个跟赵大江是老乡，在团司令部作训股当参谋。他笑着打圆场，兼向老乡通消息地对赵大江笑道：“还算你娃儿运气好。军区的批复命令早上送到了你们营部，否则你娃儿的事情就搞大喽。其实军区的命令，昨天晚上就到了团里。他们军务股的人吵着去看电影，压到今天早上才送到营里，呵呵！”

“啊？这样的呀。你们司令部的人真差劲！”徐小斌闻听，抢话代连长叫屈：“那就不是我们连的责任了。”

“怎么不是你们的责任？你们还有理了？”孙福林喝止。

见七连的两个部下都不再吭声，孙福林的火也算发够了。其实孙福林发火，也有做秀给上面来人看的意思。他见那两名军官神色流露有对赵大江的同情，效果已经达到，便卸下脸上的火气，再看赵大江可怜巴巴的相儿，又心有不忍。他放缓口气，转而对那两个军官解释道：“唉，他们连队的干部也是不容易。这不是，他们七连的指导员八月份转业了，两个副职，一个去了师里参加教导队集训，一个去接新兵走了。连里的事情，一直是他这个当连长的一个人顶着呢。”

两个军官都同情地点头。孙福林对赵大江吩咐：“这事情就由营里担下吧，搞大了团里面子上也不好看。”他看看那个一直一声不响的军官，见他不置可否地默许了，才对赵大江道：“你别不把这次教训当回事儿！晚上老老实实地给我写份深刻检查，听见没有？我明天走时捎上，代你交给营党委。”

“是。”

孙福林这才给赵大江介绍：“哦，这位是师里作训科的赵科长。”

赵大江立正敬礼：“首长好！”

赵科长摆摆手笑笑。他转了话题道：“七连长啊，我们这次来，是专为要考察一下你们连队的情况。‘九一三事件’后，林彪那套‘四好’、‘五好’是不搞了。下一步部队建设怎么搞，上级正在研究。这些年部队一直在搞生产，军事素质下降得很厉害。师里准备选拔一个连队，作为明年全师军事训练的先行试点，摸索下一步搞军事训练的经验和方向。师里的七九〇团一直在搞国防施工，这次就不参加选拔了。他们七八九团报的是五连，你们七九一团报的是你们七连。这个训练先行连，就要在你们这两个连队中间选拔产生。”

“感谢上级信任！”赵大江一听是为这而来的，有了释然和兴奋。

“关键还看你们自己的表现。”赵科长摆摆手：“这次的施工任务比较艰巨。师里决定，就由你们这两个连队来完成，看哪个连队的作风更过硬。下一步在冬季野营拉练时，还要单独拉出你们这两个连队，搞一下综合素质的评比考核。”

“能不能给团里把这个荣誉争到手，就看你们的了。”孙福林道。“这样吧。你先就连里的情况，向师里和团里作个汇报。哦，去把四班长肖书田给我叫来，我找他谈话。”

傍晚时分，村庄里洋溢着一日中最为温馨的气氛。生产队的社员做完一天活计，三三两两说笑着往家走。家家户户烟囱中，都冒起了炊烟——是农妇们做晚饭的时候了。

师、团、营、连的四名军官，神色松驰地步出连部住的农家院。跟在他们身后的，还有连部的通讯员小杨和四班长肖书田。军官见那厢生产队大院里，炊事班正闹闹嚷嚷地忙活儿着，就起了兴致，踱步过来凑热闹。

一直站在大院门口逗贫嘴的文书徐小斌，见到他们便转过脸来迎了。他见四班长肖书田眼圈红红的，便好奇地拽了通讯员小杨，悄悄问：“我们班长怎么啦?”

“给营长骂了。”小杨悄声向自己“班头儿”报告：“营长骂四班长‘玩弄妇女’!”

“啊?!”徐小斌大惊。“他玩弄谁啦?”

“不知道。”

“老徐！徐哥们儿，快过来。”徐小斌和小杨正说着，听见那边有人叫。

“哎!”徐小斌应着，忙跑过去。

“什么他妈‘老徐’？十几岁的毛孩子嘛，也敢在这儿称‘老’了?”孙福林背着手走过来，端出“老爷子”威严笑骂。

“嘻嘻，营长。”一个蹲在地上的兵笑嘻嘻地抬起头，操着河南口音道：“文书说他也会杀猪。咦！你说就他那个熊样儿的，也能杀了猪？我叫他过来试试。”他掂着手中的杀猪刀，朝捆翻在地的猪身上敲着。他是七连的“上士”胡璎日。

“操！你以为就你那个熊样儿的会杀？”徐小斌不服气。

“咦，乖乖！我不会杀？我这手艺可好！还不是跟你吹，我杀猪连捆都不用捆，也不要别人帮忙。就我一个人，就管杀妥啦！”

“吹什么牛？”孙福林斥了问：“这头猪有二百多斤重，你一个人能杀得了？”

“营长你还不信？”胡璎日嚷道：“不信试试看。咱挎上点儿啥，打个赌咋样？”

“赌呗！”孙福林边说边掏香烟：“就赌一盒烟吧。”

“跟他赌！他输了咱日他个孬熊！”徐小斌跟着起哄。他讨好地掏出盒刚开封的“蓝牡丹”香烟，上一支给孙福林，然后自己也叼上。

“营长，咱可是先说下，你这烟可不中。”胡璎日矫情道：“你这是啥烟？一毛三一盒，还不够丢人哩。”

“我还能没好烟给你？”孙福林气哼哼地划火抽着了烟。他略一寻思，扭头对徐小斌责问：“谁让你买烟啦，啊？还买这么贵的？”

“啊，我出发前在团部服务社买的。”

“你个毛崽子的，抽什么烟？你家里老人儿不是来过电话，嘱咐说不让你乱花钱，要艰苦朴素么，嗯？把烟拿来！”说着，孙福林伸手生夺徐小斌手里的烟盒。

“哎……”徐小斌一闪没躲过，急得大叫：“你当营长的，讲理不讲理？毛主席教导我们说：不拿群众一针一线！”

“群众？群众毕竟是群众嘛！”“老爷子”得意地咧开嘴笑。

“就是。毛主席还说：‘一切缴获要归公’。”胡瓔日涎脸伸手：“营长，给俺来颗。”

“一边去！”孙福林赶紧装起香烟：“你想得个逮（美）！”

听说胡瓔日要跟营长打赌，人们都好奇地凑过来瞧热闹。赵大江刚脱一劫，心中块垒尚未化解，神情依然郁郁。他站在一边，跟“同命相怜”的四班长肖书田轻声说着什么。围过来的人们七嘴八舌，都笑胡瓔日吹牛，说这么大头猪，没三五个人摁着，根本杀不了。

胡瓔日却是一副胸有成竹、不屑一顾的傲然。他像是懒得搭理这起子人们样的，闷头顾自磨他的杀猪刀。

“上士”的职务是连队给养员。实行军衔制时，士兵最高军衔是上士；连队只有当文书和给养员的才有资格被授予。后来就沿袭下这个习惯，将给养员称为“上士”。

磨好刀，胡瓔日端来盆热水，他往水里放了些盐，边搅着边笑了道：“营长，俺连这次的施工任务，活儿可累咧。农场每人一天只给补助半斤粮食、一毛二分钱，够吃啥？”

“拉倒吧！”孙福林道。“七连伙食还会差？你寻思我不知道，你们连今年富得流油！”

“咦！俺连有东西也拉不来，管吃不到嘴里不是？亏我留了心眼儿，跟车拉来头猪。不然的话哪儿买肉去？”胡瓔日诉苦：“营长你不知道。这熊地方的菜可贵，老百姓可刁。少给一分钱，人家一个菜叶都不叫拿走！光靠那点儿补助，弟兄们只能吃盐水煮白菜。”

“你不是‘捂住半边嘴，就管说住天下人’吗？你当给养员的，跟人家穷白话儿的本事呢？熊啦？”孙福林唬起脸斥问。

“嘿嘿，咱解放军要‘买卖公平’不是？”胡瓔日耍赖。

“成吧。我跟团里说说，让运输连十天给你们送一次给养来。”孙福林又瞪起眼认真道：“你小子可不能给我稀里马虎的！你们司务长抽去筹建新兵连，这次连里的伙食就看你的了。干力气活儿，一定要让大家吃好，否则哪来的一膀子力气？连里的战士可还都是二十来岁的孩子，要有个吃不好、累坏了身子骨儿的，我可是不依你！”

“中！你请放心，弄这事情俺在行。”胡瓔日夸下海口，他又眼睛眨眨地窃笑了问：“营长，一会儿杀了猪，要不要我单给你留下猪心捎着走？”

“你他妈臭小子！”孙福林笑骂，照他屁股蛋子飞起一脚。

师里的赵科长不明就里，好奇地问胡瓔日：“为啥要单给你们营长留下猪心？”

胡瓔日笑了解释：“都说俺营长在俺连当连长那晌，可威风、可霸道！他嘴馋，好闹口肉吃，还特别好吃猪心。赶上连里杀了猪，他就拎了猪心到队前问：‘同志们！七连有几个连长？’弟兄们喊：‘一个！’‘猪有几个猪心？’‘一个！’‘那这个猪心，我吃了。’后来叫俺营长吃出个‘胃亏养’。弟兄们的菜盘子里，这才见着有猪心了。”

赵科长呵呵笑着，指了孙福林道：“他得的那叫‘胃亏肉’！”

徐小斌却暗生一番心思，喃喃地："这个猪心呀，早晚得轮着我吃……"

"你说什么？"孙福林喝问："好大的口气！"

胡瓔日接口："这话当真！七连的猪心，早晚得是俺哥俩儿的。"

"放屁！野心不小。俩儿新兵蛋子，这早晚的就想着篡党夺权了？"孙福林好气又好笑，扬声叫："七连长！你过来、过来。瞅你带出些啥操蛋兵，都什么乱七八糟的，啊？"

赵科长大笑地连声赞成："好！好！有志向，有理想！"

赵大江过来呵斥胡瓔日："格老子巴实做你的事！讲起那么多废话。"

胡瓔日不敢再吭声，老实了。他在众目睽睽之下，开始表演独自杀猪的手艺。

胡瓔日蹲下，解开捆猪的麻绳，再将麻绳一头拴了猪的一条后腿，另一头拴在院边的一棵树根上。准备好杀猪的家什，他拎了杀猪刀，开始一圈圈赶着猪绕着树转，拴猪的麻绳便一圈圈缠在树根上。待得绳尽，猪身贴紧树根，他依了树干，一把搂住猪的下颚，将猪身别死在树干上动弹不得，另只手举起杀猪刀，从猪脖子一刀刺进去。只听"扑哧"一声，血花飞溅，那一尺多长的刀身便齐根捅进猪脖子里。胡瓔日叫声："徐哥们，快拿盆接！"徐小斌忙递上水盆，接在刀口下。猪的热血冒出血泡，"咕嘟嘟"一股股喷泻而出。

胡瓔日就势再将刀尖向更深处猛地一挺，整只手都随之顶进刀口，齐腕浸在奔涌而出的血水中。那猪顿时四肢痉挛、浑身猛烈颤栗抽搐，这说明刀尖扎中猪的心脏。胡璎日单手较力，使出吃奶的劲别死住猪头，让猪身顶在树干上动弹不得。渐渐地，那猪的四肢放缓了抽搐挣扎，最后在刀口处无力地冒了几下血泡，那猪便血尽气绝了。

围观者从旁静静观看，见状不禁咂咂称奇，齐声喝彩，都夸这小子果然好手段。

胡璎日听到称赞更加来劲。他解了猪腿上的绳子，用大针粗线缝上刀口；然后在一只猪蹄处割开个口子，用条铁棍捅进去，左捅右捅地贴着猪皮捅开几条气道。抽出铁条，他握了刀口处，用嘴大口地吹气。吹猪是道必须程序，不把猪吹成滚圆，难以褪净猪毛。

一会儿工夫，胡璎日将猪吹成了滚圆的“气球”，才用绳儿拴死了吹气口儿。他站起身，喘着粗气对炊事班的人发话：“妥啦！抬到开水锅里，去、去褪毛吧……”

是夜晚餐，聚集在七连旗下的官兵们，美美饱餐一顿香喷喷的烂烩猪杂。

整个村庄的上空，到处都飘荡着诱人馋涎的荤香。

锅里有肉饭自香。次日早餐，炊事班再让官兵们饱餐了一顿“大米炒肉”。直吃得人人心满意足，打出嗝来，鼻腔里都挂着猪油的香味儿。

那时部队里根本不知道冰箱为何物。连队杀了猪，都是将猪肉切作四四方方、两三斤重一块，用清水煮熟后，捞出锅来拌大盐腌了，存在缸里才放得长久。柏各庄农场生产的“小站稻”生长周期长，油性大，不就菜也照样好吃。于是在农场搞生产的部队，就将两者结合，发明了一种叫“大米炒肉”的吃食。

这吃食的做法说来简单。就是先将熟肉切块红烧了，再在上面盖上大米闷熟。起锅时将锅底的肉和上面的米饭翻炒搅和了。那锅里的肉香合着粳米的稻香，油汪汪的让人看着就流口水。这种饭吃了不仅扛饿，而且能给人充填起大快朵颐后的满足感。所以每逢农场里农忙时，连队总要吃几顿“大米炒肉”来激发情绪。

早饭过后，孙福林要陪那两个作训部门的人去另一支施工连队考察。赵大江便陪了他们，一路送到村口的打麦场乘车。

打麦场上连队正在整队，准备出发去施工工地。由于是肩了工具去干活，自然就显出了生产部队的懒散状态。“老爷子”孙福林看着不舒服：“赵大江，你这个队伍是怎么带的？怎么这么一副松松垮垮的样子，嗯?”

赵大江认为是营长的嗓子眼儿痒痒了，便“递板凳”笑道：“要不营长给喊喊，整整队列，提高下子士气?”

孙福林的另一绰号是：“大叫驴”。他喊出的队列口令全师闻名。

军队讲究队列号令要喊出炸雷效果，令人精神一振！为练就这一手，孙福林从当营长起，天天清早到营房外的旷野里“喊山”，着实下过一段苦功。其后部队汇操时，他声振全团！也招来一帮子团营干部心生嫉妒，就送了他这么个“雅号”。孙福林却不以为意，反视为荣耀。然而剑客的苦恼，在于没有对手；孙福林的苦恼，在于表现机会少。因此一旦逮着机会，他就好在队前喊喊。作下属的赵大江，自然知道“老爷子”这点儿嗜好。

孙福林也不答话，顾自走到队前。值星排长见了，忙整队跑到他面前。不待报告，孙福林挥手赶他去一边，自己则“噌”地挺直起腰杆，双目炯炯，虎虎生威扫视过全连。

“全体注意，听我口令。”提示过后，孙福林突然爆出声短促而威武的喝令：“立正！”

尚未回过神儿来的兵们，像是横遭拦腰一棍般地，不由自主“腾”的绷紧腰杆、夹起两胯，条件反射地挺胸收腹展现军人姿态，眼中立见迸射出临战的警觉。

孙福林对这口令很满意：短促有力。这正是在一支队伍前喊出口令必须的效果。他再喊出两道命令：“向右看——齐！”“向前——看！”接着，他挨个盯了每个人的眼睛，从队伍的排头至队尾检阅式地走过一遭，将自己眼中的威武传达给每个士兵。然后，他回到指挥员的位置上站定。

“稍息。”孙福林开始训话：“同志们！”

“咵”的一声，队伍齐刷刷地磕响脚跟立正，行注目礼。

孙福林一反本该“稍息”的常规：“我就是要你们给我站直了听！”

“同志们，我们三营被授予过什么称号？”

“‘大、功、三、营’！”几十条男性的喉咙一字一顿高喊。

“七连呢？”

“‘横城阻击战、肉搏英雄连’！”

“知道是怎么得来的吗？”

“知道！”

“知道，还是要讲！光荣传统不能丢，就是要天天讲！”孙福林简短有力地喝道：“抗美援朝第二战役，我们团的任务是在横城的山上打阻击！美国兵一来，天上飞机、地下坦克、炮弹铺天盖地砸下来，把山头翻了一遍！一营是主力，守主阵地。怎么样？垮了！团里把作预备队的咱们三营拉了上去。我们怎么样？一个反冲锋，夺回阵地，守了三天两夜！就这样，挣下了‘大功三营’的荣誉！

“我们七连守主峰，手里有啥？在丹东换的装，清一色日本‘三八大盖’，一个排一挺加拿大机枪，老掉牙！每人七十五发子弹，四颗手榴弹！三天两夜阻击，怎么办？拼刺刀！就凭这玩艺儿，照样一次次把美国佬干下去！所以就叫：‘肉搏英雄连’！懂么？”

“懂了！”

“懂个屁！”孙福林大开脾气：“看你们刚才那样子，稀稀拉拉、松松垮垮。像什么？娘们儿！有个‘肉搏英雄连’架势吗？早起的‘大米炒肉’塞到狗肚子里啦，啊？”

队伍里憋出几声窃笑。

“不许笑！”孙福林喝令：“军队，要有士气！人，要有志气！革命战士，要把部队的光荣传统当命看！咱当兵的，靠的就是这点精神！流汗不流泪，舍命不掉队！懂不懂？”

“懂！”

“嗳！懂就好。”孙福林这才放缓口气：“同志们，我们现在虽然是生产部队，但是不要忘了，当兵的终归是要打仗的！我们是一支有光荣历史的英雄连队。英雄的连队就要守住一股子英雄气概，要发扬我们的光荣传统！你们说，是不是呀？”

“是！”

孙福林方满意地咧咧嘴，再道：“好！说到就要做到。

都给我拿出精神劲儿来！要用我们的歌声，去迎接上级交给我们的任务！”

他接着下令：“听口令：向右——转！齐步——走！……一二一……一二一！”

在孙福林的号令下，连队步伐整齐地向前迈进。

孙福林大声道：“唱个歌！一二一……‘拼刺刀’……预备——唱！”

队列中齐声唱响：

“拼刺刀，看谁拼得好！

当兵保祖国要练好这一招。

上了战场跟敌人来个近战，

紧要关头就要跟他拼、刺、刀。

——杀！

拼刺刀，胸中怒火烧，

机智又灵活，大胆又沉着。

我们的仇恨深，我们的觉悟高。

任何敌人在我们的刀下跑不掉、跑不掉。

——杀！”

三、连长是条“革命硬汉”

孙福林们乘车走了。

赵大江望着吉普车卷起的尘土，心中生出几分感激。营长的这通队前训话，等于是代他赵大江完成了施工前的战前动员。

赵大江出生在大巴山区，1962年入伍。他中等身高，是条浑身上下筋筋板板的精干汉子。方方正正的国字脸上，一双贼亮的眼睛透出四川男人特有的精明和执拗。当兵不到十年就能混到正连级，足见他的进取之心。只是在他当上干部后，恰好赶上政治动荡的年头，不免需要更多耗费些心机。只升任连长这一年多来，他的脸上已经挂了相儿，方入二十有八岁的盛年，额上的抬头纹就现了岁月的雕痕。

赵大江跟孙福林虽然入伍时间只相差几年，基本属于同一代人，可代沟这玩艺儿是亘古存在的。尤其那年头在“继续革命”理论的指导下，社会上政治形势说变就变。生活在同一时代中的人们尽管相差几岁，却在思想观念上存在着极大差异。孙福林入伍后，是成长在“提高警惕，保卫祖国”的口号下；而赵大江入伍不久，就被警训以“千万不要忘记阶级斗争”。两人又有着各不相同的一番军旅阅历。

虽说是人的命运由社会潮流决定，但有时真正起决定作用的却是个人在特定时期的偶然经历。对赵大江人生至今起着重大影响的事情有三。

其一是当兵离开家门时，家乡父老一再嘱咐他：到了队伍上要“好生干，二天当干部！”这也正是他立志改变自己命运的理想和追求。所以他到部队后事事谨慎思考，处处努力争先，在当兵的第四个年头就实现了提干的愿望。

第二件事是在抗美援越战争期间。为在实战中锻炼部队骨干，国家派出了几乎所有高炮部队赴越轮战，并在全军部队中选调了大批后备干部，派往参战高炮部队去经受战火的洗礼。赵大江因此被调到师高炮营，赴越南战场参战一年。

在战场上，他亲身经受了美国 B52 轰炸机集束系列炸弹的地毯式轰炸，更亲眼目睹了弹片是怎样在瞬间削去了战友半边头颅的残酷。在血与火的战场上和死人堆里打过滚儿的人，自然得到的是客观现实的教训，也懂得了战争“幸存者”的深刻意味。这使得赵大江的性格变得更加坚韧，处事方式更加讲究客观和现实。

第三件事是那年赵大江所在连队在盐场晒盐，他患了急性阑尾炎，要在师卫生科做手术切除。当时正是全军都在学习三十八军某卫生科代表“革命卫生路线”的针刺麻醉经验。动这个小手术，自是体现“精神力量威力无边”的极好机会。

要说这针刺麻醉能起点儿作用，主要是在神经密集和敏感的胸部以上身体部分。做腹部手术靠针灸来麻醉几乎等同于生给活人开膛剪肠子！只怕当年关云长“刮骨疗毒”，也没受罪到这份儿上吧？不过不要紧，人家师卫生科有补救措施。手术台边单配备有一名女卫生员，给患者不停地念毛主席语录激发斗志。赵大江到底是趟过生死场的人，他咬紧钢牙，愣是没吭一声地扛下来了整个手术。

师卫生科为这个手术的“麻醉”效果兴奋坏了！马上作为首例成功案例，到处去传经送宝、介绍经验。为证明针刺麻醉具有术后恢复快的功效，师卫生科没等刀口拆线就让赵大江回了连队，赵大江回去就下盐场劳动。谁知一麻袋湿盐上肩一叫劲，当即崩开了尚未愈合的刀口。他只得重返师卫生科，再“享受”一次针刺麻醉的待遇。

这回师卫生科是有点儿感动了，称他是条“用毛泽东思想武装起来的革命硬汉”，还向师里报送了事迹材料，推荐他评上了“学毛选”积极分子标兵。

亲身经历的痛苦体验，给赵大江以深刻教育：人是要讲点精神作用，但这精神效力必须要有一定的物质条件作为依托。单靠精神力量地乱整，那简直就是搞死活人！人嘛，做事情总要现实一点。生命都没得保证，还讲啥子“二天当干部”？

到了部队上，赵大江更感受到“二天当干部”的重要性。农村兵只有提了干，才能彻底摆脱农民身份，成为旱涝保收吃皇粮的国家干部。不仅能按月领到一份相当可观的工资，而且即便是离开部队到地方，组织上也会给你安排相应级别的工作。为着未来的切身利益考虑，赵大江当然要更加努力地挣表现，以求能有更大的发展。

到七连担任连长后，赵大江开始体会到担任基层“一把手”的艰难。都说军队中的班长是“兵头将尾”，其实真正背负兵头将尾责任的，是一连之长。

在军队中一支百十人的连队，恰好是人力上的最佳组合。它既便于进行有效管理，也适于独立承担一项战术任务。因此连队是构成部队有机体的基本细胞，也是对敌作战最具效力的尖刀。而一连之长，则是天天带着这百十号人摸爬滚打的“酋长”。连队的表现如何，关键就要看连长的个人风格和魅力了。赵大江当然希望能让七连的光荣历史在自己手中“锦上添花”。只是这些年部队的工作已不再单纯，“战斗队、工作队、生产队”这三者间，到底应该以哪个为主谁也说不清楚。到七连上任后，经过反复权衡，赵大江选定了以“勇挑重担”作为连队工作的重点和方向。

人们往往对艰巨任务有所畏惧。其实只有敢于承接重任者，才能在群体中脱颖而出，受到上级的青睐。其次，任务艰巨方能炼就连队超常的战斗力。何况对于连队的管理者而言，最怕的就是战士们闲来生事。部队中的这问题、那问题，闲下来就是产生问题的最大缘由。要不怎么连队里解决思想问题的最好办法，就是在半夜有效睡眠的黄金时间突然搞它次紧急集合，拉上连队跑出一二十里路？其结果是人给拖疲惫了，起码能保证十天半个月的安生不出事儿。过去部队里搞政治思想工作，开展“四好”、“五好”评比，说到底，关键就在于给战士们的脑子里，压上了想问题的标准。离了这个标准，有理也是没理。“林彪事件”后没了这个标准就麻烦了，人人都照着对自己合适上想事儿，各说各的理、各唱各的调，那还有个不乱套？所以眼下带兵的最好办法，就是用“完成任务”这个硬杠子，压得战士们没精力去想事儿。

今年七连承接了全农场最艰巨的生产任务，连队的表现一直不错。然而随着生产任务接近尾声，连里的各种问题开始浮现，作风也呈现出一种松懈状态。其实自从“林彪事件”后，整个部队的思想和工作就开始涣散。旧的管理机制受到彻头彻尾的批判，新的管理机制和部队建设方向还不知道在哪儿，这种状况令带兵的人十分为难。当兵的必当是二十岁上下的愣小子，这个年龄的生理特点是头脑简单、好冲动。管好了，能一声令下指哪儿打哪儿；管不好，他们一个性情上来，可是什么事情都干得出来。随着明年老兵复员工作临近，已经听到传闻：有的部队的战士，跟自己的连长、指导员动了枪。所以自打指导员转业后，独担职责的赵大江就为此忧心忡忡，担心连队在年底这段时间出事情。

七连的作风顽强在团里是出了名的，这作风是靠老连长孙福林的个人魅力养成的。赵大江觉得，孙福林的方式是凭着在连队中的威信，动不动就给全连一顿臭骂，这在部队里挺管用。人民解放军是在艰苦卓绝中创立的军队，战斗力凭的是官兵一致的兄弟情谊。这种血肉相连的感情延续至今，就讲究个老上下级的宗属关系。只有老上级用兵时，才敢于狠用兵。接受任务时让老上级骂上几句，弟兄们反而心里怪舒服的。要论玩儿这套赵大江就不行了，于七连而言，他是后来者，跟弟兄们在感情上还差得远，尚未建立起那样的威望。所以他学不得孙福林那套脸红脖子粗的真性情，要靠时常动脑筋使点儿小招数。

接到施工任务后，赵大江心里几乎有种庆幸感。施工是个出大力气的差事，还怕累不着手下的兵？年轻人的特点是没有隔夜愁，一旦被累得只剩下吃饱了就想睡觉，自然就绝了想问题、出乱子的可能。问题是用什么方式，将弟兄们的心思诱导到坚决完成任务上来。只要给连队灌输进这个概念，那坚持到年底不出事儿就有了保障。

赵大江昨天工作上出现的疏忽，再给他增添了一份顾虑。你连长先就出了问题，自然短了在队前讲得起话的底气。方才孙福林在队前这通光荣传统和英雄主义的训话，恰到好处地激发起了连队的荣誉感，调整了弟兄们头脑中的思维方向，达到了思想动员的效果。这让赵大江怎能不心生感激呢？

想着，赵大江心中忽然一动：营长刚才的那番作为，似乎不能简单理解为率性。其间仿佛还隐含了一种什么东西？而这种东西，好像又正是自己所希望的……

河道施工是个累死人的活儿。庄户人都知道，所有农活里最累人的，顶属出河工。

七连的兵们在被营长煽乎得个个像点着了药捻子的炮仗，“嗷嗷”叫地上了工地后，没过两天就全都累弹（稀松）了。出工、收工的路上，再也听不到他们的歌声。

施工的河床底部有二十多米宽。任务是要将河底的淤沙清下去六十厘米，再将清出的淤沙用抬筐抬上七八米高的河堤，倒在堤外加固堤防。这是个偷不到巧的活计，少抬一锹沙子到堤上都不行。

开工的第一天，到了工地为营造气氛，文书徐小斌带着司号员、通讯员、卫生员等连部勤杂人员，扛了捆红旗在河堤两岸插了。由是便见秋高气爽的蓝天白云下，工地上红旗招展，口号声此起彼伏。弟兄们个个干劲十足，咋呼闹嚷，抬了装满沙子的大抬筐，一路小跑地往来穿梭。整个工地上的气氛，实实地够得上"热火朝天"四个字。但等到吃过了午饭再开工，工地上渐渐就断了喊叫声。

几筐沙子抬过后，七连的弟兄们感到不对劲了：这路活儿好像不是这么个干法。

当兵的作战训练，自是要有个杀声震天的气势。而干农活却要讲究闷头踏实地手下着力，干这个抬沙子的活就更有不同。这哪是个可以喊着口号、一溜小跑着干的事情呀？溜尖一抬筐的湿沙子有一立方米多，扁担上肩就像压上座小山，不咬牙努劲根本站不起来。尤其是抬到堤顶的最后几步，靠的是生生憋住一口气，强努上去的！干这活儿肩膀压得生疼且不说，它根本要丹田里绷住元气，挺起腰杆当家吃住力。像刚开始那样的干法，喊出口号就走了底气，跑上两个来回，脚底下一个劲儿绊蒜要摔跟头。俗话说：不怕慢，就怕站。干这活儿不在筐里装的多、分量重，只要嘎嘎悠悠地悠着劲干，进度反而能更快。

好不容易咬牙坚持到黄昏将近，弟兄们全都累出了"三软"：腰软、腿软、蛋软。一天的活儿干下来，努劲努得睾丸都嘬进了小肠里。到最后，人人抬了沙筐，挺到堤顶上倒了沙子，都要怔怔地向西凝望一会子，只恨那日头咋就还不落山呀？望过暗暗叹口气，又拖了木棍般僵直的两腿，下河堤去再熬抬一筐沙子的时间。

除了炊事班留守在村里做饭外，整个工地上只连部勤杂人员的任务稍显轻松。

连部也是个班级单位，文书兼着"班长"职责。连里的两个通讯员，一个要日常跟在连长屁股后面，负责向各排传达指示、沟通情况；一个要两天一趟地往返于工地和农场驻地间传递信息，兼取回连队的报纸和信件。卫生员和司号员，则负责每天上下午各一次给工地烧水送水。文书本就是连队作训参谋兼政工干事的性质，日常工作相当于半个连长兼指导员。此时连里只剩了连长一人在家，便担负起“连长助理”的职责。他的工作主要集中在开工前的划分任务，收工后的进度检查、质量验收上，其余时间里，便到各排给弟兄们替替肩，换别人休息一下。天天一个锅里吃饭的兄弟都累成那样了，谁好意思偷懒、抄着手躲轻闲呀？就连卫生员和司号员送了水来，也会主动帮各排干一会儿。

人到了几乎绝望的地步，谁都绷不住劲地盼“后续部队”增援，于是连部的兵成了“香饽饽”。谁见了都吆喝：“主力上来了呀！张军长，看在党国的份儿上，拉兄弟一把吧！”

不过当兵的毕竟都是年轻人，新陈代谢和体力恢复的速度惊人。

第一天收工后，弟兄们拖着疲惫不堪的身体，总算回到了生产队的大院吃晚饭。没等炊事班抬出饭来，便都再也撑不住架势，一屁股瘫坐在地上不起来了。

“上士”胡璎日是个懂事儿的人，这顿定的食谱是菜肉包子、小米粥，结果不够。抬出中午剩饭，还不够。胡璎日气傻了，看着空饭笸箩大骂：“你们这帮孬熊，想吃死爷爷啊？俺炊事班还没吃哩！”兵们端了空饭盆，坐在地上没劲儿说话，光知道看着他傻笑。

赵大江过来，勺他一巴掌：“你吼啥子吼？赶紧再煮饭来！”于是再煮了锅小米饭。

战士们就着现切的咸菜，好容易给打发回了各班驻地。

赵大江情知眼下说什么都没用，下令将吹熄灯号的时间，从晚上九点半改为八点半。战士们回去驻地，勉强洗把脸、涮涮脚就爬上炕，脑袋一沉就睡死过去。

是夜，人人都感觉浑身滚热得像发烧，口腔里着火，却舌底生津地不觉燥。待二天听起床号醒来，尽管犹自浑身酸痛，却也算缓过劲儿来了。如此两三天过后，大家也就逐渐适应了这等劳动强度。

这身体一适应，脑瓜儿就生了空闲。一些相互间的矛盾摩擦，也就开始萌发出来。

这天下午，文书徐小斌把第二天的任务地段都划上线、插上牌子回来。工地上的战士们见了，纷纷喊他：“文书，快过来帮俺干会子。”“来帮我干吧，我去解个手。”

徐小斌头也不回地：“眼前这么大条河沟，还不够你尿的？掏出来大胆地干吧，没人给你揪下来。”

“你就帮我干会儿嘛！”背后央告。

“再说吧。我是四班的兵，要帮也得先紧着四班。”徐小斌当文书前是四班的兵。

干这活儿是两人一对的搭档。徐小斌到了四班长肖书田和战士毛牛跟前，报到说：“班长，我来了。”就拾起地上的扁担。

一筐沙子装好。徐小斌扎下马步，对毛牛道：“蛮牛，你丫个矮走前边。咱一前一后好上坡。”说着把筐绳朝自己这边拉过些来。

毛牛“喔”一声，龇牙笑下。正要转身，见徐小斌照顾他，倔强地“嗯”一声，要把绳子拉回去。

徐小斌挥掌打开他手，骂道：“操，你他妈不知道累呀？哥们我下午还没干活儿呢，你跟我争什么你？快走，笨蛋！”

抬过几筐后，肖书田换下毛牛。肖书田和徐小斌都是近一米八的大个子，改了脸对脸地抬着走。抬上堤倒掉沙子。在回来的路上，徐小斌小声问肖书田：“班长，那天营长是为啥事呀，能把你都熊哭了？”

肖书田黯然道：“咱连走的那天上午，我村里的对象来部队了。”

徐小斌惊喜地：“好事儿呀！来结婚的？又正赶上你马上要提干。你这是又娶媳妇又过年呀，班长！”

“嗨，我刚写过信，要跟她吹了。”

“为啥？”

肖书田犹豫一下，想着徐小斌是兄弟，难堪地张口：“她是我们村的团支部书记。听别的连的老乡探家回来说、说……说村里都传，她跟我们大队书记有一腿。”

“那是不能要她！”又问：“那营长凭啥说你玩弄妇女？你入伍前跟她那个啦？”

肖书田睁大眼睛辩白：“我哪有？营长是说：‘营里要提你的干，团里也为你发了政审调查函。你小子要当官了，就想学陈世美把人家甩了？这是玩弄妇女的罪过！’”

“咱营长真他妈没水平！婚姻自由，什么叫玩弄妇女呀？”徐小斌抱不平。

肖书田道：“营长还说了：‘人家可是揣着毒药来的啊！’”

“啊！为啥？”徐小斌瞪大眼，又羡慕似地取笑：“班长你可以呀，人家这是要为你殉情呀！我——操，个小娘们儿的，够刚烈的呀！”

肖书田让他给气笑了：“你去！胡说什么你？人家还没结婚呢，什么叫小娘们儿呀？”又拿出大哥样儿地说他：“小斌，在班里时就没少说过你。你这嘴是怎么搞的？越来越没个把门的了。尤其你那个动不动就‘操’，难听不难听？就不能改改？”

“嘿嘿嘿……”徐小斌赖皮赖脸：“哎，班长，你真老实。你跟营长解释，告诉他为什么要吹她！那女的也是，还带着毒药，吓唬谁呀？来这套。想愣讹是怎么着？咱就不要她！”

“倒不是她想讹人。她是朝鲜族人，他们鲜族人的风俗里，女人特没地位。定过亲的男人如果不要她了，她就没脸再活下去了。”肖书田解释。“营长毕竟是咱的老连长。他是怕影响我提干，也是为我好。可这事儿我跟营长怎么说呀？我只是听到点儿风言风语。再说了，就咱营长那脾气，他能容你说话、听你解释么？”

“也是，”徐小斌打包票：“班长你放心，这事儿交给我了。等见了营长，我跟他说。”

傍晚收工后，肖书田留下，把排里的活收了收尾，再陪徐小斌一起，对各排当天的施工进度和质量作了验收。

待两人回到村里时，天色已是擦黑儿。连里的弟兄们大都吃完了晚饭，陆陆续续回了驻地。充作饭堂的生产队大院里，显得空空荡荡的。只有炊事班的人在洗涮餐具。

徐小斌和肖书田取了饭盆，到饭台盛饭。晚饭是窝头小米粥，菜则是素炒圆白菜。

“上士”胡璎日见了忙跑回伙房，端出小半盆中午剩的大米饭。他对徐小斌笑着道："徐哥们！就知道你又回来晚了。俺偷着给你留下的。"

徐小斌拍着他的肩，感动得"一塌糊涂"："好兄弟，够意思！"

肖书田从旁笑道："你们俩臭小子的，就搞特殊吧你们！"

"那是当然。俺俩谁跟谁，不的话咋叫'哥们'哩？"胡璎日嗔怪地看他一眼，又学了徐小斌的北京话道："'叫声哥们，心都碎啦！'"

干体力活，全凭的是个"嘴壮"。徐小斌和肖书田是饿狠了，他们分了盆里的米饭，开始闷头狼吞虎咽，再接着吃窝头和小米粥。

吃过一气，肖书田抬头舒出口长气，放慢了咀嚼的频率。他想想问徐小斌："小斌，问你个事儿。你给各排分任务，是咋个分法的？"

"以排为单位分。"徐小斌头也不抬地："各排都一样，每天完成同样米数的一段。"

"难怪呢。"肖书田道："这样分任务不合理呀。"

"是吧？可连长非让这样分不可么。"

"当然不合理啦！咱连三个排，都是不到三十人。他们特务连的工兵排有四十来人呢。按同样米数下任务，明显是咱们工作量大么！"

"哼哼。"

"你没见这两天他们工兵排神气的！天天他们单独出工收工，还晚来早走，好像比咱们能耐多少似的。咱连的弟兄们都累成那样了，他们倒好，在那个'大眼'排长的带领下，杵着铁锹冲咱念毛主席语录：‘下定决心，不怕牺牲，排除万难，去争取胜利！’把大家伙儿给气的。大伙儿觉着就不对劲儿。敢情是他们的人均任务量少呀！”

“当初我就猜着了，他们肯定会得意成这样！”徐小斌抬起头，气哼哼地：“可连长要发扬风格嘛。他说：‘人家是兄弟连队，能照顾点就照顾点吧。本来咱两个连过去就闹过点儿矛盾，心里结着疙瘩。这次咱连就做个高姿态，让着点儿他们吧。’”

“不是这个道理呀！这不是咱自己找着吃哑巴亏么？这样反而更会引起新矛盾。这事儿，你一定要跟连长再说说。”肖书田郑重道：“再说了，他们跟着吃咱连里的伙食。咱连的伙食啥水平？全团都没得可比！他们已经沾着咱连的便宜了。”

“就是。我一见他‘娄大眼儿’就气不顺！”徐小斌想都不想作决定：“找连长说啥？费那劲呢。反正是我分任务，我给咱连弟兄作主了。打明儿早上起呀，就改成按各排人数分任务，这事儿咱占在理上么。他有意见怎么着？看他好意思说什么。”

“嗳，你还是应该先跟连长说说嘛。”肖书田劝道。

“没事儿，你就甭管了。”徐小斌满不在乎：“哎，我说班长。你怎么还吃呀？”

肖书田一愣：“怎么啦？”

“您都又喝了三饭盆小米粥，吃了五个窝头了。”

“啊，是啊，那你呢？”

“我也差不多，只比你少吃一个窝头。”

“嘿嘿，那咱别再吃了，再吃不成了‘饭桶’了？”

第二天徐小斌擅自做主，悄没声儿地把分任务的办法给改革了。

这一改可好！改得人家工兵排到天黑还收不了工。七连的弟兄们正在吃晚饭，工兵排长“娄大眼儿”提了双拳，凶神恶煞般找来了。

“七连文书，你给我出来！”“娄大眼儿”站在大院门口吼。

“出来怎么着？”徐小斌闻声也没好气儿，“啪”地摔了饭盆，站起身迎上来。

“娄大眼儿”自然姓娄。此人原本是特务连的连长，生得虎背熊腰，额下一双“招子”奇大，内中却只是一股子狠劲，显得底韵虚弱，属于喜欢惹祸捅娄子的主儿。徐小斌曾暗地对他作过评断：这厮顶多是个赳赳武夫，打起仗来敢玩命的“二杆子”货。

特务连编制下辖团部警卫排、侦察排、通讯排和工兵排。“娄大眼儿”自认为掌控着团首长的“御林军”，自己又是侦察兵出身，有一身的好武艺，便大眼儿朝天不把别人放在眼里。他哪儿知道，团里还有个“肉搏英雄连”，里面也养着几个不知天高地厚的浑小子。

去年夏天，为准备冬季的抗登陆海防演习，团里通知各连派人到北戴河进行武装泅渡集训。徐小斌因为会游泳被连里选去参加，在那见着了时任特务连连长的“娄大眼儿”。那时部队有个制度，每天要各坚持一小时的毛主席语录“天天读”和军事技术“天天练”。这天的“天天练”中间休息时，徐小斌等几个七连的兵也是闲的，跑到操场另一边，看特务连侦察排练习空手夺枪。看着看着，就看出其中玩花架子的无用之处，指指点点地笑话人家，还说风凉话：“什——么——呀！还空手入白刃呐？老子一条枪就能挑了他全排！”

这话让“娄大眼儿”听见了，他当即过来，指着这帮七连兵的鼻子骂：“刚才是谁说的？有种的站出来，我踢死他个不知死活的！”

“我说的！”徐小斌来了劲儿。他“咔”地上起刺刀，挺枪过来道：“踢死谁呀你？你夺夺老子手里的枪试试？”两人再没二话就交上了手。

这侦察排训练，是拿着训练用的木枪给对手喂招儿，当然没有夺不下的枪。真要是面对银晃晃的刺刀，就说是没开刃吧，也不是闹着玩的。何况操刀的也是天天练刺杀呢。其结果是徐小斌横着条半自动步枪，追着“娄大眼儿”绕着操场跑，给整个集训队演了一出“新兵蛋子拿特务连连长耍猴”的闹剧，满操场的人笑得捂肚子。

“娄大眼儿”气疯了，他大叫：“侦察排，快给我上，弄死他个混蛋！”

幸亏带队的孙福林赶来，赏了徐小斌一个小嘴巴，要不两个连的弟兄就真干起来了。

徐小斌的评断多少靠谱。就是那次在北戴河，“娄大眼儿”周日在公共汽车上跟当地群众发生争吵，动手打伤了人。团里给了他个处分，降职为工兵排长。

结下过那次“梁子”的这俩人碰了头，能会有个好儿?!

“娄大眼儿”见徐小斌过来，恶声恶气地大声质问：“今天你是怎么分的任务？你他妈是不是分错了，啊?”

"没有！我以前分错了，倒是有可能。"徐小斌梗着脖子道。

"那我们今天的任务，为什么比别的排多了一大截？"

"今天是按实际人数分。你们工兵排的人多，当然要长一截。"

"呃……""娄大眼儿"给噎住跟不上话来。他开始耍赖骂人："你他妈个小文书的，谁让你这么分的？搞什么名堂你？"

"你他妈的！"徐小斌破口回骂："你丫会说人话么？操！"

徐小斌的粗话出口，可是让"娄大眼儿"逮着理了。他揪住话音开骂："操？你骂谁？个新兵蛋子的，你也敢说操？"

徐小斌岂是个吃得下亏的？他火冒三丈地当即回骂："今儿我还就是骂你了！怎么着吧你？"

"噌"的一下子，胡璎日手里拎了油光光的大汤勺，一个箭步窜到徐小斌的身边助战："对！就骂他！逮（揍）他个孬熊！"

"娄大眼儿"给气糊涂了。他急不择言地大骂："反了、反了！他妈你们简直就是个土匪连队！带出他妈一帮什么操蛋兵？……"

这话犯了众怒。吃饭瞧热闹的战士们"唬"地站起来，发一声喊："你骂谁？"围上来。

徐小斌可算是找到了"吃猪心"的感觉！他更加来劲地后腿一蹬要往前窜，可没窜动，没容他回头搞清是怎么回事儿，就被扳着肩膀搡出了个跟头。

"你要做啥子？"连长赵大江脸色铁青："给老子滚回去！"

四、上士是个“操蛋兵”

为着说句七连兵“操蛋”的话，倒也不值得如此大动肝火。所谓“操蛋”啊、“屌”啊这类的粗口，在生活中既可以作为恶毒攻击，也可以用于亲昵笑骂。它相当于时下俚语的“跩”，传统用语的“坏”，“男人不坏，女人不爱”嘛。

一支连队如果没几个“操蛋兵”，就少了生动，必会黯然失色，让人觉着“够窝囊的”。

若论七连的兵当中，顶“操蛋”（跩）者当非上士胡瓔日莫属。

胡瓔日是1971年入伍的河南兵。他的身材不高不矮、不胖不瘦，圆呼呼的脸儿，闪动着一双中国农民式狡诈的小眼睛。他的履历表上填的是初中文化程度，却因赶上“文化大革命”，没在中学踏实念过几天书。要认真说来，人家胡瓔日本也是个聪明灵性、品学兼优的好孩子，只因成长期间特殊的社会环境，而走上因“坏得冒尖”而远近闻名的孬熊之道。

当年没有“愤青”的说法，胡瓔日也不到青年，却真真是个敢于公然与社会抗衡的顽劣少年。他父亲是公社书记，遭遇“文化大革命”，少不得要被拉出来开批斗会挨打。当时红卫兵是正宗的“愤青”，只知胡来不懂谋略，不明白“兔子不吃窝边草”的道理。听了上面“就地闹革命”的号召，就扯旗造反地跟当地干部干起来。胡瓔日在当地也算个“干部子弟”的首领，见父辈受难，不免义愤填膺。儿子为了老子，照样地“两肋插刀”。

胡瓔日遵照毛主席：“金猴奋起千钧棒”的教导，网罗一帮家庭受难的半大小子，秘密成立了号称“千钧棒武攻（工）队”的小团伙。哥儿几个在一座旧砖窑里搂土为炉、插草为香，向毛主席像章行三拜礼生死结盟；之后一起嚼了顿地瓜干，算完成了成立仪式。

第二天的公社批斗会场上，突然杀进一帮半大小子。他们人人手中一根铁锹把，冲到会台上胡抡胡打。趁着台上的人没醒过神儿来，又转瞬间逃之夭夭。实施过这次宣示性的闪击行动后，他们的行动变成了夜袭。造反派头头家的孩子，差不多的都被他们晚上勾到野地里打过一遍。造反派们也不吃素，挨着个找上家门，着实“围剿”过他们几次。胡瓔日的聪明劲儿不白瞎，其后他再策划的行动，变招为照着人家家庭财产的要命处下家伙。不是搬块石头把人家圈里的猪给砸死，就是半夜里拎把锄头，把人家房子的后墙刨得摇摇欲坠，搞得人家一家老小的就差给他们跪下了。

再其后，这支让人谈虎色变的“棒子队”，发展成一伙儿在几个村子间偷鸡摸狗、流窜惹事的小流氓团伙。

胡瓔日的母亲是个质朴农妇。她嫁的是毛泽东思想的“信徒”，自己却笃信观音娘娘。见儿子“畜类”成了这样，见天儿流泪祷告：这个东西是个魔呀！菩萨，收了他吧。好在胡璎日的父亲被提前“解放”，进了公社革委会。父亲托公社武装部给说好话，让招兵的把胡璎日带到部队，指望部队这个“革命大熔炉”给帮个忙，好好改造改造这个孽障！

故事说到这儿，就得插一句：打那年头过来的人都知道，当时有首脍炙人口的歌曲《革命熔炉火最红》，说的是解放军队伍是个革命大熔炉，是个人儿到里边都能“炼红思想，练好本领，胸怀全球，一心为革命”。毛主席不是也指示“人民解放军要成为一所大学校”么？胡璎日他爹想的是：人家解放军部队是一所毛泽东思想的大学校，儿子进去了肯定能学好！

这话着实不假。毛泽东思想绝非假神圣，且这神圣的真经典，其实是最朴实、最浅显的道理。像尽人皆知的人民军队“三大纪律八项注意”，说白了就是：“纪律”军人必须遵守；“注意”做人应该做到。譬如这纪律中“一切行动听指挥”：当年拥兵百万的“东北王”林彪，得令中央让打锦州，他心里再犯含糊也不敢不挥师南下！像那为个没来得及入洞房的新媳妇，就发动一场搅动整个华北战局战役的故事，您信么？信了就叫“蒙你傻”——咱是共产党的军队！即便真有其事，那叫“纯爷们儿”？早枪崩他个“兵痞”了！再有“八项注意”：什么说话要和气、买卖得公平，借人家东西记着还、出去不许打人骂人啥的，谁家大人不是这么教育孩子呀？嗳，这就是咱中华民族的传统美德，挺简单吧？

送进部队这招儿挺灵！那年头咱队伍上带兵靠两条：一是紧张的作息和严肃的纪律；一是以“批评与自我批评”为核心的政治思想工作。胡璎日一到队伍上，就给治住了。

从打早起开始说吧。起床号一响，要立马完成穿衣洗漱带把被子叠成豆腐块，拢共就给二十分钟。一天紧张得腿肚子朝前，临睡前还有个各班的“晚点名”，站着让班长数落一阵。不服是吧？成，跟着就来政治思想工作了！啥叫“批评与自我批评”？就是千夫所指，大伙一起批评地给“洗热水澡”！“三人成虎”，所有人都说你不是，你肯定觉得自己确有不是；就算说是“阴谋篡党夺权”，你也会觉得：是吧，可能心里真有那么点儿意思哎！

人的秉性难移。要想胡璎日这号人立时三刻就改了坏毛病，自然不现实。他要是搞不出点儿偷鸡摸狗的勾当，那还能叫个“忑操蛋”么？

胡璎日这小子刚从新兵连分到七连，就盯上了营长孙福林养的一窝鸽子。在一个周日的下午他终于得手，把孙福林两只名贵的“洋楼”摸走，在野地里糊上泥烧着吃了。孙福林把他拎到面前审过，反倒称许：“这小子有尿性！”七连的前指导员亦是“英雄所见略同”，把他内定为做后进战士转化工作的重点对象。

毛泽东有句教干部做工作的名言：“抓两头，带中间。”所以大凡一个人要想在单位里冒尖，必得在至好或至坏的两类人中择其一。好坏都冒了尖，才能吸引领导的眼球。那年头人们想当英雄，跟眼下人们想钱想疯了一样。部队里曾出过这类事情：在给救火英雄整理事迹材料时，发现英雄在事发当天的日记里写道：“今晚营房突发火灾时，我将会高呼着‘毛主席万岁’冲向火海……”于是事迹材料变成了纵火案的结论：“此案系救火英雄所为。”当政工干部的只有把最后进的人教育成了先进，才能作为典型经验上报“政绩”。而在做这类思想工作中，必不可少的暗示是：“难道你不想积极要求进步，争取早日入团入党么？”那——那谁不想啊！是个明白人儿听了，都会激动得热血沸腾。所以后进战士，往往能最早实现入团、入党的愿望。

胡璎日被列为指导员关心的重点人物后，指导员发现：看来这小子的“尿性”，绝非开发为先进典型就能盖住的。现放着如此“尿性”的人才不充分利用，怪可惜了的呀。便匆匆发展胡璎日在新兵中第一批入团，接着就提拔他升任了连队的给养员，此举正中胡璎日下怀。他是个已经在村镇间游手好闲惯了的“泼皮”，如何吃得下田劳动、操枪训练的苦？到了连队，他就相中当炊事员这活儿不错。不用日晒雨淋，还能多闹口肉吃。当给养员这差事更是他想都没敢想的，这工作是要单捡老百姓多、有集市的地方钻，靠耍嘴皮子斗智嘛！于是这厮向连里夸下海口：你们放心吧，咱连一切采购的事情包在我身上。我捂了半边嘴，也管说住天下人喽！

入伍那年胡璎日刚好是成年之际，脑瓜渐渐开蒙懂事了。解放军也确实是所能教育人的大学校，胡璎日终于理解了父亲送他到部队的良苦用心。他纵观天下大势，认清了只有在部队发展是条坦途，于是就下定决心要在部队里好好干一番。

闯荡江湖做大事业，必当有几个死党联袂同行不是？自打分到七连，胡璎日就观察了，谁是可以沆瀣一气的同党。他看上了徐小斌，尽管徐小斌小他两岁，还“朦胧”着，他仍断定：这货中！啥话都敢说，啥事都敢干，必定会是俺手下的一条好汉！

胡璎日跟徐小斌的交情缘自“狗友”。

新兵刚到部队，少不得想家想得哭鼻流水的。自古道：“当兵吃粮”，部队的优势就是能吃饱饭。所以一般老兵给新兵的安慰是：多吃点儿，吃饱了不想家。胡璎日可不会这么没出息，他很快就找到了连队生活中的乐趣。

七连在农场的驻地养了两条狗，一黑一黄。虽说是草狗，但叫“黑子”的那条高大威猛，看着就提气，明显有德国“黑背”血统。胡璎日在家就到哪都牵着狗，自是对狗情有独钟，常拿了食物去喂“黑子”。同时，他发现还有一个大个子新兵喜欢“黑子”。所不同的是，他喜欢喂狗，那小子喜欢斗狗。

七连的驻地紧临通往团部的咽喉要道。只要见有人带了狗往团部去，那小子就会使坏：“黑子，啾、啾！”“黑子”得令，顿时剪刀耳惊觉一立，“噌”地窜出。它高扬着尾巴，肚皮擦地，箭一般飞身扑向路过的狗。展眼间便将来狗扑下路沟，发出“呜呜”的哀嚎。那臭小子干这号事儿不但乐此不疲，且专好唆使“黑子”去咬营长孙福林豢养的爱犬。看着孙福林为爱犬惨遭毒手而心痛得抓耳挠腮、跳脚大叫，那臭小子竟能笑得岔了气儿。

经过暗访他打听到，此人叫徐小斌，现年十六岁，是个不够年龄的北京“后门兵”。

一个春天的黄昏，营房后面传出怪异的狗叫声，胡璎日和徐小斌都关心地跑出来看。只见“黑子”正骑在营长爱犬的身上，咬着对方的后颈不撒嘴。营长的爱犬叫声凄楚，让人听着心里挺那样的。

徐小斌跳着脚傻乐：“哦！营长的狗完蛋喽！黑子，咬死它！看它还敢侵犯我军领地！”

胡璎日轻蔑地讥笑他：“你们城市兵见过啥？啥玩儿不懂！”再指了教训道：“这是干啥？这是春天里狗‘打栏子’哩，知道不？”

“啥叫‘打栏子’？”

“你、你真不懂还是装不懂？”胡璎日哭笑不得：“这就是配种！”

由此俩人开始了交往。胡璎日的预见果然不错，半年后徐小斌也同时被任命为连里的文书。徐小斌虽还有些少不更事，却毕竟是大城市里长大的，见识多、脑瓜灵，且挺信胡璎日的话。胡璎日也乐得暗中充当徐小斌的“高参”，既为徐小斌出谋划策，也借助他那个职务平台来隐形涉入连队事务，间接展示自己的能量。

深秋气候，寒气愈重。弟兄们在施工中干起活来，便不自觉地卖劲，只想早干完早回去休息。这天收工时，临海的东南方向涌来一阵潮气，摧动着黑云滚滚覆上头顶。

吃过晚饭，屋外面的光线已漆黑得有些森然。赵大江站在连部的房门口望着天色，心里琢磨着晚上该搞点什么活动，好让大家打发这枯燥的暗夜。

突然，“嘎啦啦”一阵惊雷滚过，夜空中劈开道道闪电。大颗的雨滴紧跟着铺天盖地砸了下来，雨声中还夹杂着“噼噼啪啪”的冰雹声。赵大江的心头一惊，他猛然想起收工回来时，见生产队的打麦场上晾晒着满场院刚从地里刨出来的花生。让雨水冰雹一砸，这花生可就糟蹋了。

赵大江果断下令：“司号员，吹紧急集合号！”

待赵大江带着连队跑到打麦场上，村里大喇叭才传出紧急通知，叫社员们赶快到麦场收花生。紧跟着，身后传来

“嗙嗙嗙”齐刷刷的跑步声，是住在村子另一头的工兵排，在“娄大眼儿”的带领下也赶来了，两支部队不待“会师”就紧着忙活开了。

麦场上只两三把木锨。弟兄们就用手划拉，往一块堆儿地堆花生。

“娄大眼儿”抬头观察了，大声喊：“老赵，不行啊！花生堆起来，没有席子盖呀！”

“啊？……啊！”赵大江抹一把脸上的雨水：“七连的，各班马上派一个人回去，把所有的方块雨衣都拿来，快！”

待到村里社员们赶来，麦场上的花生已经堆成几大堆儿，上面严实苫盖着军用雨衣。

胡璎日听见紧急集合号也跑出来，见没他什么事儿，心里有点儿失落。他跑回炊事班，用毛巾擦着头察看外面的雨势，想着：这熊冷熊冷的天儿，弟兄们得冻得够呛呀。要不给大伙儿烧锅姜汤？忽然，他脑瓜里灵感闪现：哎？有了！

胡璎日想起了河南家乡的糊糊汤，想着他就条件反射地涌出了满口馋涎。真受不了呀！他刻不容缓地招呼炊事班的人：“快快，快把火捅开！俺给你们做锅好吃食。”

胡璎日先用热油将切碎的红辣椒炸过，再下锅葱姜末炒香，然后放了满锅的水烧上。水开后，他将用水调作糊状的白面倒进锅里，拿只大铁勺在水中一通猛搅。待再烧开了锅，河南人的家乡饭“糊糊汤”就做好了。胡璎日特为淋上香油，兴奋地高声吩咐：“妥啦！抬行军锅来，给各班送屋儿去！”

弟兄们淋得浑身透湿、哆嗦着回到各自驻地时，炊事班的辣糊糊汤也热气腾腾地进了门。弟兄们欢呼着，人手一饭盆地捧了喝到出汗。

胡瓔日亲自端了一面盆送到连部。

北方农舍都是连通一溜三间北房，中间灶间，两边各一间带火炕的住房。灶间里，连部的房东大嫂正逼着通讯员、司号员换下湿衣服，交给她去洗。连长赵大江跟生产队长在一间屋里，说客套话摆“龙门阵”。赵大江闻着味儿跑出来：“啥子东西？好香哟！”

胡瓔日递上一饭盆：“糊糊汤。这东西可好，又驱寒又抗饿。俺家乡见天儿喝这个。”

“好！好！”赵大江是四川人，有辣味就叫好。他接过饭盆递给通讯员小杨：“给里屋生产队长送去。”又问胡瓔日：“工兵排送了？人家刚才的表现很不错，主动跑来帮忙！”

“你请放心吧，他们正喝着哩！俺是那小肚鸡肠的人么？”

“那就好！”赵大江说着，另端盆糊糊进屋陪客。

胡瓔日见屋里的人都喝上了糊糊汤，却不见徐小斌，问：“小杨，俺徐哥们儿呢？”

“嗯，嗯。”小杨指指另一间屋，口里含着糊糊地：“闭门思过，正反省呢。”

“咋啦他？”

小杨咽下口中物，悄悄地：“还不是为那天跟‘娄大眼儿’的事情。连长让文书写检查，写了三次都说不深刻，文书正生闷气呢。”

“嗨，为这事儿呀！咱连长也真是，弄这也认真？是那个意思就中了么。”说着，胡瓔日再盛一饭盆糊糊汤，端着进了里屋。

屋里，徐小斌正坐在炕桌旁。他头发湿漉漉的，身上只穿了草黄色的秋衣；一只手杵着腮帮子，一只手夹着自卷的“大炮”烟，望着窗外痴痴地发呆。

胡璎日将饭盆放下说：“徐哥们，看把你愁的。就凭你那肚儿里的墨水，多写几个咱连长不认识的字，他不就没说的了么?”

徐小斌转回头：“没用。他一口咬定说‘不深刻’，我有什么办法?”

“那就先搁搁再说，着啥急哩?”

“哼!”徐小斌气哼哼地：“连长就是成心整我！哎？我就是想不明白，我倒是错在哪了？我不也是为了咱连的事情么，他干吗要这么跟我过不去?”

“嗳！你这算说到根上了。谁让你不经连长同意，就自己做主呢。”

“那我也不是成心的。他至于就这么整我?”

“唉，兄弟！你咋不明白?”胡璎日耐心解释：“你要真不是成心就好啦！你可不就是成心，成心不把连长放在眼里！咱连长把连队拉跑了，那叫不是成心跟营长作对。营长说说他，就拉倒了。他要真敢不听营长的试试？看咱营长不整熊了他！你可倒好，分配施工任务这么大个事情，你自己就做主啦？你让咱连长咋想，是你当连长还是他当连长?”

“这倒是。”徐小斌仍狡辩：“那他也太小心眼了吧?”

“这叫小心眼儿?”胡璎日瞪大眼睛：“你们连部的人，如果不听你的，想咋着就咋着。你会不觉得他们是看不起你，心里会不记恨?”

“可也是呵！”徐小斌如梦初醒：“我怎么就没想到呢。”

“你不是光惦着吃猪心了么？”胡瓔日笑道。“兄弟，你可记好了：不管他面儿上看着多喜欢你，人家当领导的永远是你的领导！千万别觉着跟他关系好了就烧包。再说了，你心里没把人家当领导待，人家自己可是把自己当领导！你觉着他不抵你本事大，那又咋着？那人家也是管着你！你敢不服气？说声收拾你，就管马上收拾了你！”

“嘿！有道理、有道理。听君一席话，胜读十年书！”徐小斌连连点头。他到底少年心性未褪，心里疙瘩解开，脸上顿时阴云转晴朗。他端过饭盆喝一口：“嗯，好喝。”

胡瓔日问他：“那你咋办，还接着写检查？”

“不写了。”徐小斌嘴里呜噜着：“反正他也把我收拾得差不多了。我找机会拍拍他的马屁，让他高兴高兴不就结了？”想着，又笑道：“你说的没错！咱哥儿俩也是够狂的，居然公开声称要‘吃猪心’。”

“猪心该吃还得吃。匹夫不可夺志嘛！”胡瓔日凑过头去，放低声音说：“‘帝王将相，宁有种乎’。咱有啥错？不过这话，咱以后闷在心里就是。嘿嘿，那个猪心呀，俺还真给你留着半拉哩。”

“好啊、好啊！”徐小斌兴奋地掏出“蓝牡丹”烟盒，抽出最后两支，递一支给胡瓔日：“咱哪天该溜出去撮一顿了吧？”

胡瓔日边划火柴点烟：“中。后天不是休大周日么，就后天吧。”

由于施工任务紧，七连将周日休息，改作十天过一次大礼拜天。苦干了九天的弟兄们，终于熬到可以休息一下了。

按部队的习惯，逢休息日一般只开两餐。上午八点半开饭时，赵大江吩咐徐小斌，说村子里的女民兵今天要搞拥军活动，给部队拆洗被褥，叫徐小斌带着连部的人给配合一下，通知各排把被褥送来。

那年头在毛主席“大办民兵师”的号召下，国家的战时动员体制实行“全民皆兵”。无论是乡镇厂矿，还是机关团体都成立了民兵组织。全国人民不分男女，但凡二三十岁的人都必须成为民兵中的一员，整个国家也变成了一座大兵营。人人都跟“兵”沾边，都正经玩过枪，接受过基本的军事技能训练。受此连带，当年军民互动的“拥军爱民”活动不仅遍及城乡、开展得轰轰烈烈，而且规定了军民之间的关系：全国人民都要向解放军学习。军民间的关系显得十分融洽。

徐小斌早饭回来。远远见连部的院门口，聚了一帮子年轻妇女。女人们作一处，自是说笑打闹嚷成一团。为首的女民兵排长正是连部的房东大嫂，一位二十来岁的新媳妇。

说起最初跟这位新媳妇打交道，还怪有意思的。

那天部队进村后，徐小斌带着通讯员小杨，按生产队的安排先来这里看看房子、见见房东。两人走到院门外，抬头见院里的正房门口，依门站着位年轻妇女。那妇女下身穿着劳动布的工装裤，上身是件鲜亮的小红碎花夹袄。她正一手抚了垂在胸前的一条黑油油的大辫子，另只手的手指绕着辫梢玩着，也大睁了好奇的眼睛望着他俩。

俗话说：军营呆三年，见了母猪赛貂蝉。自打当兵后，徐小斌和小杨就少见女人，几乎没跟女人说过话，此时见状，不免有点儿心神慌乱。俩人互看一眼，正不知如何开口，那妇女大大咧咧扯开嗓子，用当地话大声问：“你俩跟那瞅啥，思谋着啥勾当啊？”

徐小斌和小杨闻听吓了一跳！心说我们也没做啥呀，怎么就是思谋啥勾当呢？俩人不禁困惑地再对望一下，都感到莫明其妙。

那妇女见他俩傻呵呵的样子，忍不住笑了道：“别瞅咧！你俩就上屋来吧！”

“啊，不是……我们是……”徐小斌迟疑地口吃道。

“别寻思啦。你俩有啥正经勾当、不正经勾当的，都先进来吧！”

徐小斌和小杨愕然，哪还敢进？人家一个妇女在家，又怀疑他们思谋着啥勾当，这两个男人真进了屋，就是有再正经的事，也得成了不正经勾当。那不是自找说不清么？

徐小斌边吭吭哧哧着：“啊、啊……我们、我们一会儿再来……”边倒退着。说完转身，拉了小杨赶紧仓皇撤退。

那妇女见这副狼狈相儿，“咯咯咯”笑弯了腰。她忙追出院门，立在当街大喊：“解放军、解放军！你俩儿快着回来。俺还知不道你们是来看房子？你俩跑啥呀？俺又不吃人！”

听见喊声，街道上的人们都扭头往这边看。徐小斌和小杨更加感到说不清地尴尬，只好停住脚，跟着她往回走。

妇女回到院子里站定，回身看着他俩儿，忍俊不禁地发笑。

徐小斌和小杨也在院子里站了，徐小斌怯怯地问：“大嫂，你是这家的主人么？”

“嗯哪。”

“生产队安排的，让我们连部住在你家里，不知道行不行？”

那妇女爽朗地笑道：“咋不中哩？俺家房子宽，欢迎你们来住。”

“是啊？”徐小斌放松了些神色。“那太谢谢你了。”

那妇女热情地：“谢啥？你们解放军忒儿好啊，俺家里人忒儿稀罕解放军哎！”

小杨也松口气，暗含讽意道：“解放军腿儿不太好，就是行军赶路，脚有点儿疼。”

“这大兄弟，是笑话俺说话侉呐？”那妇女嗔他一眼，又“哧”地笑了说：“说‘忒儿好’，就是夸你们特别好！”

“这个知道。”徐小斌问：“你刚才说我俩有不正经勾当，我们也没怎么着不是？”

“嗨！就为这你俩吓得跑呀？”她忙解释道：“俺们这儿说‘勾当’，就是‘事儿’的意思。俺刚才是说：你俩有正经事，没正经事的，都进屋来坐坐吧。瞅把你俩吓的，这都知不道。俺也是这村里的干部，又是刚成过亲的，还能把你们解放军咋着了？”

“哦。”徐小斌觉得让个妇女给嘲讽了，怪没面子的，学了她的话反唇相讥：“俺就是还知不道，你打算让俺们住哪屋里呀？”

那妇女一指：“就住这三间新瓦房。俺男人到矿上下煤窑，家里就俺和俺公公俩儿人。俺们住西边这两间偏房就中。新房俺都给你们收拾干净了，你们就放心搬进去住吧。”

“那太谢谢了！”徐小斌忙恭维：“咱贫下中农的觉悟就

是高！”

“拉倒吧你呀！”那妇女撇嘴嗔道：“别说好听的咧。要叫俺看哪，你们这俩兄弟，一个赛一个的猴儿精，没一个是省油的灯！”

此时徐小斌走到院子里，跟那位当民兵排长的房东大嫂商议过，就叫通讯员和司号员去通知各排送被褥来。房东大嫂给女民兵们分派过任务，又让人在院子里铺了芦席，准备拆被褥，再去搬些砖头来。不一会儿，各排的士兵纷纷抱着被褥送来了。

弟兄们好不容易盼来个休息日，大都打算闷头睡一天好觉解解乏的。这一要拆洗被褥，觉就睡不好了。不过也好，这样倒也得了机会跟女人们逗贫嘴说笑。于是，送来被褥的士兵们就都没走，凑在女人们身边，边跟着拆被子，边跟女人们说笑。

那位房东大嫂极是利落。她分派一起子妇女去井台边洗被褥，自己则辫子往脑后一盘，脱了外面的夹袄，挽起袖子就开始在院子里砌灶台。徐小斌看她们忙活着，基本没自己什么事儿。他本就心里存着事儿，迫不得已接差事在这支应，便想绕着话，逮机会开溜儿。

徐小斌凑过来问：“大嫂，这么冷的天儿，洗了被子能干么？”

“能干。”大嫂头也不抬道。

“还得一床床地缝上呀！而且部队的被子，叠起来有内务要求，挺不好缝的……”

“嗯哪，俺知道。不就是得缝平整了，好叠成跟豆腐块儿似的？俺们老娘子（妇女）缝被子，咋地也顶你们老爷们强不是?”

“那倒是。不过……”

“哎呀!你操这心做啥?跟个老爷子赛的。”大嫂赶他:“放心吧!瞅今儿这老阳(太阳)多好,你出去玩去吧。这儿的事情你别管咧,再有啥事唔儿的,俺找你们连长去。”

“好嘞!大嫂你真好。那这儿可就全交给你啦!”徐小斌如蒙赦令,立马起身开溜。

施工的河堤南向,是一片一望无际的盐碱湿洼地。浅浅的水面上,长了低矮茂密的芦苇。虽是寒秋,芦苇依然顽强地保持着绿盈盈的生命颜色。其间有尚未南飞的白色水鸟,不时成群结队起飞降落。胡璎日选定“撮一顿”的地点,就定在了这里。

胡璎日正张开四肢躺在沙堤上晒太阳。他头次来工地送饭,就相中了这里的景色,今天总算如愿以偿。堤上新倒下的沙子,已经风干得水汽全无,太阳照射下,沙子在身下松软温热。人躺在上面,仰面望了湛蓝的天空和悠悠游走的白云,心境便舒畅得瘫软了一般,浑身动弹不了。太棒了!自从到这里施工以来,他还没有这样彻底放松地爽过啊。

人在生活条件艰苦的环境里,最大的享受就是吃,而且首先是要想方设法地弄到吃的。胡璎日又是个几天不搞出点儿名堂来,就心里难受得六神无主的人。在他跟徐小斌的交情中,很大的因素就是在这个问题上有共同点。

那时部队里永恒的学习榜样是“雷锋”,号召要学习他艰苦朴素。其实多此一举,别看当兵的每月那几块钱津贴费少得可怜,可那也是钱!谁舍得花呀?说实在的,当兵的命不值钱。在部队干个三四年,能带回家的也就攒下这百十块钱津贴费。修成昆铁路的铁道兵因公牺牲了，也只能给家里一百五十元的抚恤金。要不是因为部队上对内务卫生有严格要求，而且定期逐个检查个人卫生做得怎么样，大多数的兵连肥皂牙膏都舍不得买。

胡瓔日和徐小斌家庭条件好些，就被认为是存在严重“大手大脚”乱花钱的缺点。连里指导员曾当众点名，说他们沾染了资产阶级“吃喝嫖赌”的恶习。苍天作证！就说是一个月只六七块钱的津贴，能供上“大手大脚”地吃喝，可那年头您让他们上哪儿嫖、上哪儿赌呀？条件所限，他们的大吃大喝，也就是星期天到团部的军人服务社，买包“恒大”、“墨菊”之类两毛多的烟抽抽，附带悄悄称二两“动物饼干”、“江米条”啥的嚼嚼。在军垦农场里满眼都有军人盯着，想买瓶酒喝？也得敢！农场方圆几十里，连个饭馆都没有，根本没有大吃大喝的可能。

这回放出来施工，可就来劲喽！说什么也得躲个地方喝喝了吧？既是担了“少爷习气”的虚名，何苦不打个正经主意过回瘾呢？

四班长肖书田带着毛牛来了。肖书田吃了晌午饭，先去了公社驻地的邮电所，他往营部挂了个长途电话，喊来仍在连队住着的对象通话。因为徐小斌邀请他和毛牛一起来“快活快活”，肖书田就叫上毛牛，让他跟着一起出来了。

胡瓔日没拿肖书田当外人。他犹自躺着不动，撑起一只眼皮瞄一下肖书田：“四班长，嗯！……可舒坦死俺了。你俩也躺躺，等等徐哥们儿。这地方可热乎、可美哩。”

毛牛一声不吭，老实听话地躺下，双手枕在脑袋下闭上眼。肖书田却显得心事重重，他只盘腿坐了在一旁，静静地凝神发呆。

“起来！连长来啦。”一声大喝，惊得胡璎日睁开眼。见是徐小斌得意洋洋地站在那。胡璎日目光往下一出溜儿，见徐小斌的两只手里，一只拎了瓶“衡水老白干”，一只抓着瓶糖水桔子罐头。

胡璎日立马来神儿，高兴得不知如何是好。他一个激灵跃起，“咔”的后脚跟一磕，出洋相地来个纳粹党的冲锋礼。

“稍息，稍息。”徐小斌作首长状点点头。他先放下手里的两个瓶子，再从裤兜里掏出一盒“五香凤尾鱼”铁皮罐头。

“我日的，太丰盛啦！徐哥们儿你不过啦？”胡小斌高兴得“扑”地跪在沙地上，一手拿起一个罐头地惊叫，肖书田和毛牛也凑过来。

“这是哪个部队的，啊？什么作风！”远处传来一声严厉的喝问。

四个人吓得忙回头看。见不远处的河堤顶上，站着个穿四个兜干部装的军官，正虎脸瞪眼地盯着他们。徐小斌一看不认识，神气立即转阳。他有意挑衅地也来了个冲锋礼，冲那军官喊：“愿为领袖效忠！”

那军官看他们这副屌劲头，又奈何不得，嘴里咕噜着，不知骂了几句什么掉头走了。

胡璎日问：“这是谁呀？”

“不知道。”徐小斌想着说：“看那样子，搞不好会是他们九团（七八九团）五连的人。他是不是来侦察咱连的‘防地’了？”

胡璎日担心：“他不会跟咱连长打小报告吧？”

“管他呢。报告了咱也是死都不认账！”徐小斌无所谓。“哎，你个该日的。你带的东西呢？”徐小斌称胡璎日是个“早就该日”的。

“啊，在这哩。”胡璎日变戏法似的，从两边裤袋里各掏出个报纸包。他放在沙地上打开，一包包了半个煮熟的猪心，一包里是一大坨割开几块的腌熟猪肉。

肖书田见了不满，责备说：“你们这像啥话？把大家的伙食偷出来吃。”

“这有啥？”胡璎日强辩：“自古传下的规矩，你挡啥也挡不住厨子偷嘴！再说，咱连今年富得流油，俺哥俩有功，吃点儿也该当。”

徐小斌招呼毛牛：“来，蛮牛。快自己动手，不吃白不吃！”

“嗯，呷、呷，你也呷。”毛牛瓮声瓮气地用湖南话应着。他先撕块肉填进嘴里，拿起酒瓶咬开盖，扬头就灌下一大口。

“你记着嚼！噎死你小子。”徐小斌操心提醒，见毛牛这就喝开了，抬手勺他一巴掌：“谁同意你丫先喝啦？咱班长还没喝呢。”夺过酒瓶递给肖书田：“班长，你先来一口。”

肖书田犹豫地推开道：“部队里不叫喝酒，这要让连里知道了……”

“没事儿，班长。”徐小斌做他的思想工作：“咱也没见上面哪条纪律里，说过不让喝酒不是？这儿天宽地大的，空气又好，喝完一会儿嘴里就没味了。你就放心干吧，来！”

肖书田接过酒瓶来，心里还迟疑着。徐小斌打小“报告”：“哎，班长。我们小杨回营里取报纸，回来说你那位‘她’可真行。这几天一点儿没闲着，不但把营部人的衣服被褥全洗了，还帮四排的弟兄们天天搞内务卫生；那叫猛干一个点儿哎！嘿嘿，你算让人家叼住就不撒嘴了。我——操！小女子这是‘亡你之心不死’啊！”

肖书田举起酒瓶喝了一口，应声：“是啊。”神色黯然。

“啊，对了。”徐小斌再道：“小杨还说，你对象跟咱营教导员说了。她跟你们村支书的事情，完全是那老兔崽子有意放风陷害。你们村的支书借口带你对象到公社开会，走在山路上就想搞她。她一看情况不好，拼命反抗了就跑。老兔崽子不死心，追一个山头扒她一件外衣。没等扒下两件，累得那老兔崽子直打晃儿，差点儿没吐血！”

“哈哈哈！这妮儿好，有种！”胡璎日叫道。他刚啃开水果罐头盖，扬头喝口糖水，“啊”了一声爽歪了。“徐哥们，你也来一口，可甜、可好喝哩。”再认真地说肖书田：“其实她就是有这事，那又有啥？咱农村人哪来这些穷讲究？农村里夜来又没啥娱乐，不就是搞这点事儿么？哪村里能短了这号事？还不定谁吃亏哩。你说对不？”

“我看你就是应该给日一下了！找抽啊你？”徐小斌瞪胡璎日，又问他：“对了，我说。那帮女民兵中午吃饭的事儿，你走之前跟炊事班交代好了么？”

“你赌放心吧。”胡璎日说：“我安排中午给她们吃大米饭，管饱。炒四个菜：猪肉烩粉条、炸黄豆、韭菜炒鸡蛋，还有煮锅大白菜。”

毛牛听得发呆，羡慕地：“喔，那是会餐喽。”

徐小斌拿毛牛开心道："蛮牛，我瞅今天来的女民兵，可都挺不错的哎。要不给你说一个，带回家去作堂客，怎么样？"

"那中！"胡瓔日抢过话："给他弄一个。你们湖南的行情俺知道：定亲给财礼，男的要是单眼皮得给八百块钱，双眼皮给五百，要是当兵的就不要钱，娘家还管倒贴。对不？"

"得了吧你，才不是呢。"徐小斌反驳道："人家那儿是论斤称！女的单眼皮的多少钱一斤，双眼皮的多少钱一斤。是吧，蛮牛？"

毛牛嘿嘿傻笑，又指了肖书田道："班长跟对象讲了电话。班长说他今年准备复员了。"

"为什么？"徐小斌惊诧地睁大眼睛看肖书田。

肖书田低头想想，抬头望了远方道："她在电话里哭了；说听说我要提干，组织上正在政审。还说得跟我说清楚，她家有海外关系，千万别影响我提干，不行就散伙吧。"

"她一个农村妮儿，咋会有海外关系？"胡瓔日听着奇怪。

"她爹是闹日本鬼子那时候，打晖春逃难到我们村落脚的。据说她老家的人都给抓到朝鲜去了，这不就是有海外关系了么？"肖书田道。

"朝鲜？"徐小斌代班长辩解："那也得说是北朝鲜还是南朝鲜呀，要是在北朝鲜还光荣呢。北朝鲜跟咱们国家，不是'同志加兄弟'的铁哥们儿么？"

"不就是因为说不清，就成了个政治问题么。"肖书田说。

胡璎日认真地规劝："四班长，这事儿你可别脑瓜儿发热，为个女人就扔了前程。多少人打破脑袋争的，都是为了能提干呀！提了干不管咋说，也是个国家二十三级干部，每月拿五十二块钱工资。再说了，过去林彪得势，当兵的复员地方都给安排工作。要不咋妇女们都要嫁个当兵的呢？现在林彪倒了，军队也不行了。这次复员回去，地方肯定不会给安排工作。你没见这阵子部队里老出事儿，不都是为怕复员回家没工作？"

"这我知道。可为这就不要她，太对不起人，良心上有点儿过不去么。"肖书田叹气。

"对！班长。侠肝义胆，有情有义，我赞成你！"徐小斌高叫。

"扯淡！"胡璎日斥道："你是城市人，当然站着说话不腰痛！回农村是啥条件？一天挣的工分就那点儿钱，你让人家的日子咋过？"

"那倒是。"徐小斌点头承认："不过，这事情不是还没到末了呢么？不行跟咱营长说说。他是咱的老连长，让他给想想办法么。"

"找营长咋说哩？"肖书田觉得无望。

"反正总有办法。"徐小斌断言："上面不是还没收到政审回函么？兴许根本就调查不出这档子事情。就是真了解到这档子事情，你就咬死了跟营长说：她家的海外关系是在朝鲜民主主义人民共和国！嗨，要不这事儿交给我得了，我去营长那当说客。凭咱哥们这三寸不烂之舌，怎么着也能说出个两全齐美的结果来。"

“咦！瞧把你能的，你就有那大的把握？”胡璎日嗤道。

“试试呗！”徐小斌还真不敢把事儿说死了。他转了话题道：“来，班长！咱俩一人喝一口，祝愿这事儿能有好运气。”

肖书田将信将疑地对着酒瓶喝一口，再递还给徐小斌。

徐小斌煞有介事地起身，口中念念有词：“风萧萧兮易水寒，壮士把酒兮——为红颜！”

五、胜利喂出了连队的士气

临近吃下午饭时，徐小斌回到连部驻地。走进院子，见女民兵的拥军活动已到尾声。全连的被褥都被拆洗过了，房东大嫂正和两个妇女在灶台上烙最后几床湿被套。

原来她们能保证将湿被套迅速干燥的办法，是在用砖砌起的灶台上支了两口大铁锅，下面烧柴加热，然后将洗过的被套折成四折的方块，在铁锅里来回翻烙烤干。这办法果然效率高，全连的被褥在几小时中就被拆洗烙干了。

徐小斌看了，心中很是新奇且感动。

通讯员小杨抱着一大包缝好的被褥走进院子。徐小斌问他："这是连部的？"小杨点头，说都洗好了。徐小斌又问："中午安排她们开饭的事情，她们还满意么？"小杨说她们可高兴了。这些妇女可真能吃，饭菜全都吃得精光。说着，两人一同走进屋里。

连部人员住的屋里，司号员和卫生员正在吵架。两人像两只斗架的小公鸡，面红耳赤乍着脖子上的青筋："你怎么着？""你要怎么着？"地正在干仗。

徐小斌大喝："吵什么吵，吃饱撑的啦？想吵晚上开生活会，有意见到会上吵去！"

连部的几个“员”，都是在连里专门挑的个头不大，样子生得比较伶俐，有点“小鬼”味道的兵。他们年纪虽然都比徐小斌大两三岁，个子却都矮徐小斌一截。再加上徐小斌是“班长”，这一吼还是很有效果的，吵架的不敢再吭声。

小杨忙打岔招呼：“快来拿你们的被子！”那两人便撅着嘴怏怏起身过来。

小杨把被子一床床抖开捡了：“你的”、“你的”扔给大家。徐小斌只觉眼前像有团乌涂涂的影子一闪：“嗯？小杨。你那床被子里是什么？”小杨也感觉到，忙展开被里来看。

拆洗干净的被里上，不知被谁搞了涂鸦之作。被里中央一块遗精的斑渍，被人用圆珠笔沿边儿描出了轮廓，旁边留下一行娟秀的批判：“滩（贪）污和浪费是极大的犯罪！”

徐小斌看罢，不禁哈哈大笑地指了小杨：“你小子露怯了吧？完了，完了！我军的威武全毁在你小子手里了！”司号员和卫生员也绽颜笑话小杨，说他这叫“人小劲大”，徐小斌再仔细看了，夸这“杰作”挺有灵气，肯定是城里来下乡插队的女知青所为。

小杨又气又羞，恼怒得满脸通红：“这些老娘们，搞老子的鬼。中午就不该给她们饭吃！”说着，傻乎乎地用手指沾了口水，去擦圆珠笔留下的墨迹，再拿了肥皂，想抱了被子去洗掉。大家又都笑他，拦了说洗啥？留着到夜里做好梦吧！

闹罢，徐小斌下令：“都别闹了，快叠被子整理内务，马上开饭了。”说着，他抬头往窗外望望，见连长赵大江正送客出来，定睛细看，送的正是上午在大堤上遇到的军官。

徐小斌顿时紧张，不觉向后闪了问：“小杨，连长送的是谁呀?”

小杨向外看看：“噢，那是九团五连的洪连长。”

“是啊。”徐小斌嘴上应着，心里庆幸没跟他当面撞上。

五连的洪连长挺客气，此来是专为“向老大哥连队学习取经”的。赵大江觉得己方也不能太过托大，作为起码的礼貌，应该赶紧回访人家。于是第二天开工后，他就叫上徐小斌跟着，一起到五连的工地上去向人家学习学习。

路上，赵大江对徐小斌说起，人家五连的干劲很足。战士们过大礼拜都“主动”只休息半天。全连上下齐心协力，团结一致奋战在工地上。连里已经有几个战士扭了腰，还有两个累得吐了血，却全都坚持“轻伤不下火线”。看来还是人家的政治思想强，作风硬啊！难怪当年上级会派他们去北京搞“支左”和“军管”呢。

徐小斌刚被胡璎日点拨过，已经学了乖。连长是那号轻易就服了谁的人么？谁都是只觉得自己的兵是最好的。连长嘴里是这么说，心里不定咋想呢，兴许就是说反话笑话人家。把战士都累成那样了，就算你当领导的能耐大了？这不正说明“一将无能，累死三军”么。可连长不同于营长的直肠子脾气，在他跟前可不敢再抖机灵了。既然连长不说心里话，徐小斌便“就是、就是”地应着。他心里明白，论别的不敢说，但要是论起种地干活来，赵大江绝对是把好手！他不仅精于农民过日子的算计，做庄稼活儿一门灵，而且一旦看准了，他做起发展农业生产的事情来，那是相当有魄力的。今年七连胜利完成农场“机械化生产试点”任务的事情，就是最好的例证。

为贯彻毛主席“农业的根本出路在于机械化”的号召，几年来军垦农场就没断了试行农耕机械作业，可农机具却总是不过关。试点的连队为了保证完成“亩产千斤稻”的硬指标，只得被迫回到靠人工作业的老路上。由于是试行机械化作业，给试点连队下的种植任务是六百来亩地，超过其他连队正常任务量的一倍，这可苦了那些连队的弟兄们。

一个连队除外出公差人员，正常下田的就六七十个人。部队上是干啥都讲究个体现作风：插秧都得拉上线，必须看着横平竖直。要达到如此精致的质量，工作量必然加大许多。赶上插秧、收割的农忙时节，试点连队得天不亮就下地，月上树梢还在地里干活。只要听到有人站在田埂上说句：农业的根本出路在于机械化呀！弟兄们就会不约而同地停下手中的活儿，直起腰来怔怔地瞪着他，众口一词地叫嚷：机械化好啊，累死他大爷啦！

农场却认为这机械化不成功的原因，主要还是思想保守的问题。只有逼得试点连队不用农机具，累死也完不成任务，方可显现出机械化的威力。于是农场这年来手儿黑的：直将试点连队的任务量加倍到种植一千二百亩水稻！

任务公布后，各连都唯恐避之不及。赵大江却是新官上任志气高，当个宝似的主动接了任务。赵大江的看法是：种田人还能怕地多？地多了收获自然也大！事在人为。有问题想办法解决么，活人还能让个尿憋死？他派徐小斌年初就做了调查，要搞清楚农机具不适用的关键在哪里？徐小斌调查过回来，报告说找到了症结所在。

徐小斌到底在机械行业当过几天工人，懂得大规模机械化生产的基础在于生产规格的标准化。任何机械化大生产中的系列机械，都是按同一规格标准设计的。其中任何一道工序的机械设备——尤其是第一道工序产生的效果如果不适用，后续生产工序的机械设备做得再好也是白搭。

经过调查，徐小斌了解到：用农机具生产水稻的第一道工序是平整水田，其后是插秧、挠秧和收割。其余的施肥、打药和灌溉则是由少数人做养护工序。过去试点连队问题的关键在于平整秧田这一环节。大田经过拖拉机大规模翻耕，再划分成一方方水田后，必会坑洼不平，高低处能相差二三十厘米。单靠小拖拉机下面垫块木板来回推，很难把水田擀平整。过去人工作业这道工序，是要先用铁锹铲平整后，再用木板刮压。水田如果不平，下一道工序的插秧机一上就出问题了。不是遇到低处插不到泥里，产生漂秧，就是遇到高处动作生硬，产生断秧，于是只好回到人工作业完成。人工插秧后的秧苗无规律可循，其后的挠秧机和收割机便无从下手，只能继续用人工完成。

赵大江听到此豁然开朗，高兴道："这个容易。我们就在整水田这个环节上下功夫嘛！"于是在平整水田时，七连的每台小拖拉机都配一个班跟着，随时将水田里高处的泥铲了往低处甩。如此已经是极大地提高了效率，降低了劳动强度。其后的插秧、挠秧和水稻收割时，七连再做起活来便十分快活。只需少数人坐在小拖拉机上操作，其余人跟着机具做些辅助工作，很轻松就完成了任务。只需付出这等劳动量，便可完成一千二百亩水稻种植的任务，把弟兄们给乐的！人人都感慨：农业的根本出路，确实是在于机械化呀！

其实何止于此？按赵大江的总结：连队的根本出路，也是要靠“机械化”哟！

徐小斌陪赵大江一路走着、聊着，心里又想着五连长说的情况，不免感到不可思议：干得都是一样的活儿，怎么五连的弟兄们就能给累得吐血？不应该呀！

七八九团历来被师里视作“政治思想强”，几年前军队执行“三支两军”（支左、支工、支农和军管、军训）政治任务，七八九团被派到北京，在一些搞社会科学研究的事业单位实行军事管制，着实风光且被师里另两个团羡慕了一阵子，直到前年底才全部撤回来。

其实部队到地方搞“支左”和“军管”，对部队唯一的好处，只是超编制提拔了一批滥竽充数的干部，其余的就是留下无穷后患。且不说谁能心甘情愿地被管、被训，你军队懂地方上的事情么？用得着你来指手划脚地支持这、管制那的？就执行这些任务的军人而言，成天扛着块“军代表”的招牌蒙事儿，满嘴突出政治大道理的训这个、熊那个，功夫大了在他们的概念里，对那些政治口号还就当了真，变得头脑僵化得净干蠢事儿。这番道理，要待徐小斌到了五连的施工现场，才会有切实的体会。

五连施工现场红旗招展，歌声震天，口号、劳动号子不绝于耳，一派热火朝天气氛。

五连的洪连长见赵大江来了，抢步上前亲切握手，带领大家鼓掌热烈欢迎。他再陪同赵大江到施工场地视察，做详细介绍，那套路熟络得跟迎接大首长亲临指导一般无二。把个赵大江给“烧”得像只木偶，只知张大嘴陪傻笑，绕着工地胡乱拍肩膀亲切问候。

徐小斌乐得冷落，混进五连弟兄们中间拉家常唠嗑。当兵的有共同语言，聊着就摸到了不少真实情况。

所谓不绝于耳的震天歌声，全是那台干电池唱机连接扩音器的作用。好笑的是在林彪倒台一年后，这帮人们还在播放《大海航行靠舵手》。至于口号声、劳动号子声，主要来源于一个脱光了膀子的傻哥们儿。那哥们儿全不顾军容风纪不允许赤身露体的规定，当“板儿爷”还自以为挺露脸儿。他在工地上上窜（跑着上堤）下跳（跳着脚跑回来）猛折腾地不嫌累不说，喉咙沙哑得直个劲儿地咳嗽，还依然坚持声嘶力竭地领着弟兄们喊号子：“哼哟了——嘿哟！革命的同志——嘿哟！拼命地干呀——嘿哟！咳咳咳……”

“这是谁呀，干吗呐这是？”徐小斌边往筐里铲沙子，边问一个班长样的老兵油子。

“哼哼，我们连的八班长。”那老兵油子哼着鼻子说。

“这哥们儿够可以的呀！简直是革命豪情直干云天哪！”

“他呀？他还不是想提干，怕复员回家呗。”老兵油子道。

“哎，兄弟，怎么听说你们连的弟兄都有给累得吐血的啦？”徐小斌悄悄问。

“可不是。我们连出工跟他妈‘忆苦歌’里唱的那样：去时不见日，归来星满天。就这么个干法，搞疲劳战术不让休息，能不累吐血么？再说了，干这么重的活儿，饭菜里又没点儿油水，谁他妈顶得住呀？”老兵油子发牢骚。

“怎么呢？不是农场给了补助么？”

“那点儿钱管啥用？兄弟，我们跟你们不同。我们连前些年在北京搞军管，北京城里除了高楼就是马路，上他妈哪儿去搞副业呀？连里没攒下一点儿伙食的老底子，单靠那点子伙食费，能吃着啥呀？”

“是这理儿。”徐小斌同情地点头。“那你们伙食都吃啥？”

“嗐！马尾系豆腐——提不得。中午顿顿萝卜白菜；晚上更惨，下半锅白菜加半锅水，烧开了用淀粉一勾芡。开饭一人给扤一汤勺；这就叫个‘菜’！”

徐小斌感叹：“也真是的！全军养着五百万条汉子，张着肚皮要吃饭。国家也只能管饱、不管吃好。咱当兵的，可不得靠自己养猪种菜搞副食？连队没点儿家底，这日子是难过。”

“听说你们连的伙食不错？”

“也就那么回事儿！”徐小斌赶紧打岔：“我说兄弟，那你们不会干活悠着点儿？累坏了身子骨可不是闹着玩的！”

“那是。你寻思我们傻呀？”老兵油子瞟他一眼，笑道：“吐血兴许是真的。扭腰的嘛，不见伤口不发烧的，你知道他是真扭了还是假扭了？泡个病号，好歹能闹碗病号饭的面条汤喝。老实讲，我也就是受了部队几年的教育，不好意思临走了装狗熊。不然的话，转过年去，我就该向后转复员回家了，犯得着玩儿这命吗？”

回连队的路上，徐小斌把他听到的情况向赵大江汇报了。

赵大江问：“你看他们的施工进度，比咱们连怎么样？”

“差不多吧，咱们应该比他们还干得快点。同样是四个排的兵力，可咱们的工兵排不是比步兵排多几个人么？”徐小斌边算计着道。

“嗯。”赵大江沉吟过吩咐：“咱们支援他们一下。你给胡璎日讲：下次杀了猪，分半扇肉给他们送去。还有，让胡璎日下次拉给养时，从连里多拉一麻袋黄豆来，一起送去。”

“是！”应着，徐小斌心里纳闷。

赵大江可是个算计着过日子的人。他多次教育全连：连队是全连同志共同的家。连队建设，就是全连同志都要晓得，不管见了啥子东西，都要给我往家里拖。吃不穷，穿不穷，算计不到就硬是要穷！他还经常训诫文书和给养员：做你们这种工作的，要晓得从上级口袋里掏，那才叫本事！不要从战士嘴里外往抠，那算啥子本事？今天他是怎么啦？莫非是听到自己陈情生了恻隐，真有善心要发扬一下无私风格不成？

吃中午饭时徐小斌端了饭盆，走到正拎着汤勺等着有人来添菜的胡璎日身边。他向胡璎日传达了连长的指示，也说了自己的疑问。

“发扬风格？”胡璎日撇嘴：“就咱连长那花花肠子，不可能！”

“那你说他是为什么？”徐小斌问。

“嗯……哦，你要再来点菜？多吃点，给你来一勺！……好，就半勺……要搁我看。”胡璎日小声对徐小斌说：“咱连长这是要堵五连长的嘴哩。你想，吃了咱的就嘴短不是？咱连今年富得流油，不在乎这点东西。可咱连这次施工为啥？不就是为要争那个训练先行连么？咱连肯定会比五连先干完。人家五连咋会不想也挣到手这个荣誉？他们连长不是专门来咱连里侦察过了，肯定会找理由说咱连的不是。如果他五连吃到嘴里了咱连的东西，他还好意思说咱连干活人多，跟咱连较劲么？”

“呵操！我咋把这事给忘了？没错，争那个训练先行连是主要目标啊。”徐小斌恍然，想想又说：“咱连长也够阴的呀！呵呵，这么早就提前算计上他五连了。”

“那是。咱两家儿是对手，对手之间哪有不算计的？”胡缨日牛哄哄道：“这人呐，财雄就势大。咱连当然要争过他，咱有条件儿，说阴着欺负他，就管能欺负了他！”

“嗯，你说的这个理儿，还真是个以后想问题的思路。”徐小斌点头，暗暗记下。

反观七连的施工任务，却是按部就班进行得十分顺利。赵大江不但会玩小招数，做农活上又有一套。他控制着每天的工作量是固定的，从不为要提前完成任务而加码，让这活儿干得有节奏。尤其是他在对徐小斌跟“娄大眼儿”吵架那件事情上处理得当，不仅消除了两个单位之间的矛盾，而且在无形间激发起了士兵们的比劲，促进了施工的进度。

俗话说，好孩子是夸出来的。一支连队的士气，是靠不断取得一个个胜利喂起来的。

徐小斌改按人头分配任务，使得工兵排到了天黑还收不了工。其不良后果是，不但让工兵排的弟兄们心怀怨恨，也令七连的弟兄们有了胜利的小得意，甚至有点幸灾乐祸。“娄大眼儿”的公然抗议，足以表明这兄弟是蠢到家了，在连长的位子当然坐不牢靠。

在这件事情上的公道明摆着，就是你自己没理！人家但凡会脑子转个弯的人，都会暂且咽下这口鸟气，留待以后逮着机会再报复。哪有像他这样当即打上门来，自找着让人家当面臊脸皮的道理？相比之下，赵大江这厮就显出有城府多了。身份地位所致，当时赵大江肚子里的思谋，绝不是徐小斌和胡璎日的那点儿小机灵可以洞悉的。

赵大江当然明白：徐小斌所为没错，也是他想改却不好改过来的事情。对于徐小斌的一贯作为，赵大江一直持矛盾看法。他确实喜欢徐小斌的机灵劲儿和对连队工作的忠心耿耿；却又看不惯他那自以为是的傲气。你娃儿有啥子了不起？不就是个凭着老子是大干部，走后门入伍的城市兵么？得此机会，自然要杀杀徐小斌的傲气，给他点颜色看。当然，他也没必要一定让徐小斌当众作检讨道歉，那样会显出己方有点心虚，长了它工兵排的神气。将这事就此作罢，本身就是对徐小斌作法的一种表态。赵大江也意识到，在这件事情上，两个连队的士兵们之间已经结下了矛盾，发展下去对完成施工任务十分不利。

解决这一矛盾的最好办法，就是看似无所为而无所不为——整治起徐小斌来总让他过不了关！担任施工任务的士兵们，就生活在这么个相对独立的小世界里，有点儿屁大的事情，根本甭担心会不传得尽人皆知。人性弱点之一，就是无原则地同情受屈者。徐小斌那张小脸儿挂出惨遭迫害的可怜相儿，七连的弟兄自然就不敢再对工兵排有“小得意”；工兵排也肯定会联想起自己确有不是，对徐小斌受委屈有些过意不去，他们也就会不自觉地表现出对七连的友好姿态，由此两个连的矛盾就能在无形间化解。两个单位人们之间的心气平和了，关系也就顺畅了。是人都有自尊心，何况当兵的，谁不是争强好胜？工兵排绝不会甘心干活落在七连的后面。他们作出友好姿态的最佳方式，就是再干起活来暗暗加劲，绝不能让七连的人看不起。这样一来，问题不就解决了么？

这一“阴招”奏效。几天下来，两个单位的关系果然有缓。赵大江见了窃喜。他再施一招连环计：见哪个排即将提前完成当天任务，就要他们派两个同志，去帮别的排“扫一下尾”，好大家同时收工回驻地。这又激发了弟兄们的荣誉感，帮别人总是面子上有光！于是在不觉间，七连和工兵排之间暗暗展开了竞赛，都想最先干完去帮别人。其结果是使得工地上的气氛越来越融洽，笑骂打闹亲如一家，每天收工的时间也越来越早，工兵排也再不能单独出工和收工。整支部队在收工的路上，便有了一致的队列和欢快的歌声。

眼看施工任务接近尾声，徐小斌寻着从胡璎日那学到的思路打起了主意。他向赵大江谏言献策：“连长，我估算着咱连的任务，起码比他们五连要早完工两天哎！”

“好嘛、好嘛！”赵大江听着心悦。

“我寻思，咱可以发扬一下风格，最后去帮五连干一天活，来个胜利大会师怎么样？”徐小斌边说边观察着连长的神色。

“嗯。”赵大江不置可否地应了。猛地，他突然醒悟地“哦？”了一声。这个主意太好了！如果七连不仅自己提前完成了任务，还帮了兄弟连队。那这个选拔赛的头筹，非但只能属于七连，连对手的嘴也提前堵死了。

赵大江扭头盯着徐小斌看看，当即决定：“可以嘛！这样，我们完工后，给大家放一天假，休息下子。然后在最后一天去支援五连。”

徐小斌问：“要不要提前跟五连洪连长说一声？”

“嗳？不要，不要！我们是做好事，不需要提前声张嘛！”

“连长，您这是死活要强卖强买呀！”徐小斌坏笑。

“乱讲！”赵大江嗔怪地给他一眼，又勉励他说：“你能这样给连里当参谋，就对头喽。当文书的，就是要多想出些好点子，晓不晓得？”

到了日子，七连和工兵排打着红旗，迈着整齐的步伐列队开到了五连的工地。

这回轮到赵大江主动上前，以胜利者的姿态跟五连的洪连长热烈握手，带领大家高喊口号：“向五连的同志们学习！向五连的同志们致敬！”然后不由分说，就分派大家插进五连的施工队伍里。

五连的洪连长尽管脸上发烧，也只能埋了心中的不悦，咧着大嘴跟着傻笑，绕着工地跟对手们胡乱拍肩膀地献殷勤、亲切问候。

七连的弟兄们本就歇足了劲，再携了助人为乐者的得意，干起活来自是神气十足。到了吃午饭时，整个施工任务已经临近完工。

这天的午饭，两个连队都送来的是“大米炒肉”。

胡璎日送来饭后，就到五连的工地上转了，回来向赵大江报告：“连长，五连工地有一段河道上横过一条公路，就在公路下面修条涵洞隧道。那隧道可宽，有一百多米长，里面积了水。俺估摸那里面肯定有鱼。河道断水时，河里的鱼肯定都躲到里面过冬了。”

“哦？涵洞里是会藏着不少大鱼哟！”正跟洪连长蹲在一起吃饭的赵大江来了兴趣。

“对，我们连有人下去看过。里面的鱼还不少呢。”洪连长也说。

“好啊！洪连长，剩下的活儿很快就完了。我们下午去捉鱼吧。”赵大江兴致勃勃。

五连本是准备完成任务后，再去取了这份收获的，赵大江此议等于是提出分享。洪连长也不好说别的，只得同意：“好啊。”

吃过午饭，七连和五连各抽人去淘隧道里的水。待施工全部完工时，隧道里的水也淘出了一多半，却不见水中有什么动静。两个连的人围在隧道两侧，继续轮流下去淘水。到了下午四点钟左右，隧道里的水只剩及小腿肚子深浅，里面的水面仍然平静得毫无声息。胡璎日耐不住性子了，说声：“俺下去看看。”就脱鞋挽裤腿地冲进隧道里。两个连的士兵也都跟着纷纷跑下河堤，围聚在两头的淘水口处，蹲下身伸着脖子往隧道深处瞧。

胡璎日进了里面没走几步，突然“哇!”地大叫一声，“扑通”滑倒在水中。与此同时，隧道中像被惊炸了锅样的，“扑扑啦啦”地翻腾起一片水花。

胡璎日惊喜地大叫：“有鱼啊！有老多的大鱼啊!”

“哗啦啦”溃堤般的，洞口两边的人不由自主地发一声喊，一下子都冲进隧道里。里面顿时就闹翻了天，欢呼声、惊叫声、水花声和鱼在水中拍击翻腾声响作一团，跟着就不断地有两三斤重的大鱼被扔出洞口。赵大江和洪连长本也跟着冲到了洞口，见里面闹成了这样，便自重身份地矜持站住，饶有兴致地看弟兄们抓鱼。

水中摸鱼也要技巧，谁是哪个地方的人立见分晓。南方人大都是捉鱼的行家，他们双手在水中摸索，一触到鱼身就闪电般掐住鱼的两腮，那鱼就再挣脱不得，被提出水面。而北方人、尤其是山西人就闹笑话了。他们双手在水中一触到鱼，当即像被开水烫了样的，赶紧抽回双手大叫：“啊呀，有鱼！”再赶紧下手去摸，结果鱼早跑了。

这种围猎式的捉鱼，是个很奢侈的游戏。弟兄们只顾比谁捉的鱼大，小于手掌的鱼谁都懒得抓。不一会儿，大鱼抓得差不多了，弟兄们也尽兴后纷纷走出隧道。隧道外捉到的大鱼扔了一地，算算至少得有两百多斤。

赵大江建议：“洪连长，我们今晚上在这里会餐，怎么样？用河里的清水炖鲜鱼，好不好？”洪连长只得“好啊，好啊！”地赞同，就叫两个连的炊事班回去取了炊具调料。

两个连的弟兄们听了这消息都很兴奋，自动在淘出水的水洼里开始收拾起鱼来，再在河岸边打扫出一方会餐的场地。

夕阳沉落，夜幕降临，万里秋空湛蓝澄彻。待到天际间的西北向，只剩了一线火红晚霞时，苍茫原野上燃起三堆熊熊篝火。火光欢腾跳跃，映红了一方天地，也激越起人们心中收获的喜悦和豪兴。胜利完成施工任务的两支连队，整齐地围坐在篝火四周，边进行着拉歌比赛，边等待“全鱼宴”的开席。高亢的军歌声此起彼伏，回荡在空旷的夜空中。

炊事兵们抬着盛米饭的筐箩和两大行军锅侉炖鲜鱼，来到篝火旁。这侉炖鲜鱼用清甜的河水炖就，里面下了当地农家自制的新鲜黄豆酱，上面还铺满一层紫皮大蒜。待行军锅盖掀开，那股混合着蒜香酱香的鱼鲜味儿勃然喷发，简直勾魂摄魄，让士兵们再也按捺不住。

一声令下，队伍大乱。士兵们齐声欢叫着围拢上去，纷纷下手盛饭盛鱼肉地大吃大嚼起来。新鲜鱼肉之香自不待言，那熬出的浓浓汁汤之甘美，更是令人恨不能裹着舌头一起吞下去。那年头当兵的人，哪里有过如此尽情敞开了吃鱼的机会？弟兄们边吃边傻笑，人人都吃出了一脸的油汗，神色间全是极度幸福而又满足的表情。

赵大江和洪连长各端了饭盆，边吃边巡行在战士们中间，享受着弟兄们的崇敬、喝彩和称颂。这场不意间排开的丰盛庆功宴，使得他们忘却了各自此前的一切心机和谋算，沉浸在“酋长大筵群臣”的快乐中。他们相视大笑，只觉彼此的友谊是如此令人陶醉感动。

冬日的懒阳浮挂在空中，向大地丢下毫无暖意的白光。柏各庄军垦农场的千顷稻田结成了一方方的田畈，只留下竖看成列，斜看成线的一茆茆稻根。远方道路和水渠边的排排树影，化作了一根根暗线。一望无际的原野上肃静冷冽，仿佛万物都进入了冬眠，几乎见不到生命活动的迹象。

通往七九一团团部的公路上，远远闪出一支兴兴的队伍，飘忽跳跃地像箭镝般飞来。

这是七连的弟兄们胜利回营了。

于四海为家的军人而言，驻地营房在他们心目中就是家啊！这家既包括上级和部队中的其他群体，也承载着他们心中期盼的那份对凯旋的热切赞许。然而随着离“家”越来越近，他们心中不禁生出了近乡情怯之感。前方那个象征着“家”的一切，仿佛对他们的归来冷淡得毫无反应。随着队伍行进的进程，团部那一片田舍样的平房渐渐进入视野而愈益放大，而弟兄们心中的兴奋感却反而淡了。

跟在赵大江身边的通讯员小杨，突然用手指着前方大叫：“连长，你看！”

走在队前的赵大江闻声，寻着小杨手指望去。见在公路通往团部拐弯处的河堤上，昂首伫立着一匹战马。战马上端坐的人，正抬手在眼前遮了阳篷，向着来路上凝神张望。

小杨动情地喊：“连长，是咱营长来迎接咱们啦！”

赵大江的心中顿时翻滚起一股热浪。当兵的在外拼死拼活，图的是个啥？图的不就是家里的亲人，在守望自己凯旋么？

七连完成任务的消息，孙福林昨天就收到了。一支连队的老领导，就像是它的父辈，得知了它得胜的消息，心中那份喜悦和疼爱的感受啊，是非常人所能体会得到的。

随着部队复员工作的临近，孙福林的心中，经常会无端生出惶惑而又悲凉的迟暮感。这种感觉令他长夜难眠，六神无主，仿佛一场生离死别在等待他。今天是七连回来的日子。整整一上午他就坐立不安，着急七连怎么还没到？想想又觉好笑：唉，自己真是变成了瞎操心的老爷子喽！

吃过午饭，孙福林想：过了年自己肯定要转业的，还装什么沉着冷静？去他的吧，想干吗就去干吗呗！便骑了营部的黄骠马出来，四下转过，早早地就到了路口等七连。

远远地，公路上终于走来了队伍。孙福林眯着眼认定是七连，由衷地咧开嘴笑了。

赵大江已将感动变成行动，他命令连队停下，给一分钟整理各自的军容风纪。然后，他整起队列，大声道：“大家看到没有？老连长站在那里，在迎接我们！同志们，我们到家啦！都抖起精神，拿出打胜仗的样子，让营长高兴下子。

向右——转！肩枪！齐步——走！”

连队迈开齐刷刷的步伐，雄赳赳气昂昂地向前行进。

赵大江特意捡了孙福林素日喜欢的军歌，大声发出口令：“一二一、一二一！

‘说打就打’，预备——唱！”

“说打就打，说干就干，

练一练手中枪，刺刀手榴弹。

瞄得准来投也投得远，

上起了刺刀叫他心胆寒！

抓紧时间加油练，

练好本领准备战。

不打垮反对派不是好汉，

打它个样儿叫他看一看！

一二三——四！”

连队的豪迈歌声冲击着孙福林的心，令他不由地激越起一腔久违的豪情。他痴痴地听着，直到连队进到眼前才回过神儿来。

“立——定！向左——转！”赵大江下令。

孙福林不待赵大江整队前来报告，忙在马上挥着手大声招呼：“好啦好啦！别站下了，队伍走了这么远的道儿，快回去休息，啊！”

赵大江不听。他顾自整过队列，跑步到孙福林面前，举手敬礼：“报告营长！七连完成施工任务，胜利返回驻地，请营长指示！”

孙福林望着眼前这支熟悉的、朝气勃勃的年轻队伍，眼睛里满是关爱。他全不顾队列前例行的礼仪和程式，挥着手赶他们快走："走吧、走吧，赶紧的回去休息。"又扬声对大家说："我跟团里打过招呼了。今天团部的洗澡堂，特地给你们烧了锅炉热水。回去放下武器，就都到团部去洗澡，啊！呵呵，他妈一个月洗不上澡，你们这帮臭小子，身上还不馊成一个蛋啦，哈哈哈！"

队列里"噢"地应起一片欢呼声！

孙福林待队伍走过，才催马缓缓跟了在队尾。见走在队尾的徐小斌扭头朝他笑，孙福林拿马鞭敲着徐小斌的军帽，小声问："你小子的。你们最后给人家五连来的那手坏招儿，是你小子的点子吧？"

"没有啊？"徐小斌故作不明就里地睁大眼，见孙福林唬起眼睛"嗯？"了一声，又转了嬉皮笑脸地"嘿嘿嘿"，表示一切尽在不言中。

孙福林笑骂："你臭小子的，狗头军师！"说着俯身甩手，扫给徐小斌屁股上一马鞭。

六、文书是个“狗头军师”？

说七连文书徐小斌是“军师”不假。连队文书这一角色，本来就相当于过去将军帐下的“书办”，上则参与谋略，下则操办刀笔。当然，徐小斌这“军师”当得好，也靠了他背后还有一个军师赞襄——就是那个“忒操蛋”的给养员胡璎日。至于配得上“狗头军师”，还有待时日锤炼，营长孙福林的加封，只是亲昵表示。

徐小斌此人，人小鬼大，于七连也算“劳苦功高”之士。

徐小斌资质不错，长身玉立，顶一颗硕大脑壳，隆如满月的脸上，一双不停眨巴出小主意的大眼，一望而知是个典型的当代公子大男孩。他出生于北京西郊某军队大院中一个赳赳武夫家庭。父亲徐老英雄十六岁那年，在逃难的路上投八路军上了太行山。其后枪林弹雨、身经百战，凭着战伤叠叠，换得大校军衔。共和国成立前夕，徐老英雄所在部队浴血攻破太原城，是他将战旗插上了太原城楼。新中国成立后，组织上为他找了一个小地主出身的女学生，与之结为革命伉俪。

徐老英雄自觉是苦大仇深的革命英雄，在地主兼“小资”的女人面前断不可失了革命气节，对人家在态度上很是自负，毫不收敛在战火中养出的霸气。新婚那夜，徐老英雄在两张单人床拼起婚床的外侧，大大咧咧四仰八叉地躺了，准备施恩般地临幸于那小女子。他偶然睁眼，见那小女子竟然，啊?！正犹豫着，要从他身上翻越而进到床的内侧。老英雄喉头发出森严低啸：“嗯?！”小女子闻之瑟瑟然，怔怔不知如何是好。老英雄方生怜意，指令：“从脚后跟那儿爬过去！”

人们惯常以为，地主女儿当然有自小养成的骄奢淫逸，性情刁蛮。其实连年战乱下的小地主经济，却是过得极为勤俭维艰。尤其是山西的小地主不懂投资运作，多年铢积寸累下几个钱，全换了金子埋在地下。赶上土地改革挖浮财，让“贫农团”一把掏了去。小女子的父亲给堵得一口气背过去，吐血数升，一命归西。小女子嫁给徐老英雄后，徐老英雄刻板执行组织上要她“照顾好老徐同志生活”的指示，让她作了随军家属，并接来丈母娘同住。由是，了无生活来源的母女俩儿，便过起了“伴君如伴虎”的日子。纵是贵为丈母娘的地主婆，听到姑爷召唤也得立马踮了缠过的小脚，“嘚嘚”小跑着来领命。

徐小斌小时，常听姥姥在拍他睡觉时喃喃唠叨：“唉！你那个爹呀，你说说俺养那么大个闺女给了他，他连个‘娘’都舍不得叫，你说说。跟俺叫‘同志’，你说说……”

开国之际，徐老英雄本以为要过“老婆孩子热炕头”的安心日子了，便开犁播种，产下长子。哪知东北亚局势紧张，英雄再披战袍，跨过鸭绿江与美国人一较高下。待喝过抗美援朝庆功酒，觉着总算消停了。老英雄再次乘兴“装窑”，得了次子徐小斌。兄弟俩因了父亲的武将基因，自小就是同龄人中的大个子。待先后长到十四岁成熟，性情上就有了差异。

徐小斌的哥哥生性粗鲁，且嗜食街边小酒馆的酱猪头肉。隔三差五便去买回油汪汪的一包吞下，再沿山区公路长跑上十公里。不久身体就见了效应，从前脖根至下私处，粗粗生了条黑森森的“青龙”，人也就变得暴躁凶狠。赶上“文化大革命”，他生逢其时地有了逞现机会。那时的人们事事皆曰“战斗”：劳动学习是战斗，写文章开批判会是战斗，总之是与天斗与地斗与人斗！可惜学校停课闹革命，半大的孩子们没得可斗，便结帮结伙的在街上寻衅打群架殴斗。徐小斌的哥哥打人手黑，被拥戴为大院里孩子们打架的“冷面杀手”。只需听得楼下一声流氓口哨召唤，他立马就精神亢奋地提了三棱刮刀下楼。

徐老英雄见状，愤然上前堵住门口，爷儿俩便在屋里抱着摔开了跤。“虎老雄风在”，一番撕打掰扯，徐老英雄终于捆住儿子的手脚。他自己也是气喘吁吁，四肢虚脱发抖地骂不成声：“你、你个小畜牲！老子跟、跟他妈日本鬼子拼刺刀，也没累成过这样的！”适值珍宝岛那厢响起枪声，徐老英雄一纸便条，将这小畜生送往北疆“戍边”。

徐小斌则与哥哥不同，他自幼得母亲喜爱。说母亲是“小资”实实冤枉，她传承的是中国妇女克勤克己、相夫教子、诗书继世的美德。徐小斌曾一度迷上了打篮球，日思夜想有双时髦的“回力”篮球鞋作行头。徐小斌鼓足勇气向母亲讨十块钱买鞋，母亲问：“那是什么鞋呀，太贵了吧?”徐小斌用手一比划，说：“就是鞋底那么厚的那种。”母亲默然想了，三天后，她递给徐小斌双千针万纳的布鞋，鞋底万层足有寸把厚。

受母亲的影响，徐小斌上学后就酷爱读书，且即读即用。他读《说唐》，崇尚第一条好汉李元霸，便在与小伙伴玩打仗时也排出八条好汉座次；读《水浒》，顿感水酒甜如蜜，争到与徐老英雄对饮的特权；读过《三国演义》，便口中常吟：吾猛然思得一计。

母亲多年来日夜为那父子两个野人肝儿颤，窃喜终于得见到个斯文坯子，便着意培养，将发给高干的各类内部参考书籍送到徐小斌面前，引导他细细阅读以开天智。在学校停课闹革命的几年间，徐小斌不仅读了整套回忆中国民主革命历史的《文史资料》、《红旗飘飘》等丛书，而且认真看过有关世界现代史的《第三帝国的兴亡》、《赫鲁晓夫回忆录》和《切·格瓦拉日记》等书籍，这给徐小斌打下了“胸怀祖国，放眼世界”的知识基础。

似徐小斌这茬儿人的成长经历极其独特。“文化大革命”开始时他们是小学生，较之被称为“老三届”的中学生们，他们这茬儿人刚过了认识几千汉字这一关，有了自己读书的能力，还谈不到接受正规教育。“老三届”的红卫兵是把革命造反真当回事儿，社会也就拿他们真当回事儿地给予“镇压”并发去上山下乡。徐小斌们却得了一个无拘无束、天性发展的童年。从徐小斌说话带脏字的恶习，可知其成长少受管束，以至不带脏字儿简直就说不成囫囵话。这种经历给了他们个性发展的空间，也在他们脑子里种下了率性思维的基因。

徐小斌们又是幸运的。那年头中学生的前途是作为知识青年被分派奔赴各地农村插队落户。偏是1970年这章程改了，将正在复课后读书的初二学生提前分配到城市里的工商企业当工人。这是因为1969年中共“九大”过后，党中央就有将“文化大革命”尽早胜利结束之意。政府也开始从国外进口成套设备，意图将工作重点逐步转向发展生产。徐小斌们因此得济，被分配到国营工厂当学徒工。

那年头能当个工人十分风光，且不说乡下的农村青年和插队知青梦寐以求。因了毛主席“工人阶级必须领导一切”的指示，机关的干部和作学问的读书人见了工人都自惭形秽，得矮半头。何况进了工厂的学徒工，只要熬过了三年学徒期，便能挣到多年不变的四十来块钱月工资，经济和社会地位绝不输于任何人。

徐小斌却不识好歹。他受到军人家庭天然的熏染，觉得当工人太过乏味，只有战乱中的烽火硝烟，盛世中的闯荡江湖方显英雄本色。尽管时年十六不够入伍条件，徐小斌依然缠着父亲也要“走后门”去当兵。徐老英雄当然不反对，却架不住枕边夫人“吹阴风”捣乱破坏。徐小斌懒得再跟家里人废话，打张火车票，到了天津军部去找父亲当年的老部下，自己的事情自己办。那位老部下的命运与徐老英雄相同，当年也是条舍生忘死的好汉。因没文化跟不上部队正规化要求，在军部当个副参谋长的闲差。那时部队里军、师两级这类副参谋长为数众多，开会能坐下一个排。他们尽管手中无权，但办个老首长子弟当兵的事儿却不成问题。如此只一个电话，徐小斌就摇身变成了一名光荣的解放军战士。

别人“走后门”当兵，都是逃离农村只身潜入部队。徐小斌却是背了两部书来：一部是范文澜尚未完成的《中国通史简编》，一部是他百读不厌的《三国演义》。当时正值文化已被革命过好几年，部队上新兵的文化能有几何可想而知。而部队上恰又正是见天儿政治学习，最需要会玩嘴皮子、笔杆子的兵。母亲传给徐小斌的文化基底此时见了功效，他不仅在学习发言中经常“口吐莲花”，而且因代指导员写了篇纪念建党五十周年大会上的发言稿，在全团一炮走红，被提拔为连队的文书。

在整个柏各庄农场的军营中，七连的营区算最规整的一座。它呈正方形占地三十来亩，四周嵌了两丈宽、三米深的壕沟。沿壕沟的内沿栽了两排杨柳，树下是一条战士们喜爱的花草带。营区正中是一条垫起二尺高的南北向水泥中轴路，两侧的中央部分各有大半个足球场的操场：一侧修了两个篮球场，一侧是有单双杠、沙坑、翻板等器材的训练场。两个操场皆垫起高于周围地面一尺多，上面铺了厚厚的三合土，碾压得平整光净。

两个操场的南北两厢是红砖大瓦房，南厢的两排房是四个排的宿舍，房前闪出的活动场地上，有四座砖砌的乒乓球台；北厢的两排房中，一排是连部宿舍及会议室、武器室和储藏室等，一排是炊事班及饭堂。按照部队的营建要求，连队的厕所和沤粪池建在离营区五百米外。营区里的人想方便一下，都要预先打出跑路的提前量。

这座营房是孙福林和赵大江共同策划和设计的杰作，七连过去的营房是“干打垒”的土坯草房。去年下半年农场同意七连建新营房时，只给划了二十来亩地，赵大江嫌地块太小。谁家的孩子谁不偏袒？孙福林暗示：人要老实了就是窝囊，你先干起来再说嘛！赵大江就带着弟兄们违章“跑马占地”，抢先下手在划出地块之外，挑下了四四方方的宽壕深沟，仅此就多占去了小十亩地，农场对此当然不依不饶。直到营区建好后，成了上级首长视察部队必到的样板营区，这事儿才算拉倒。

营房建好后，赵大江发愁：看着光秃秃的呀！徐小斌指了延伸到天际的渠堤杨柳树说，连长，咱们就地取材呗。赵大江“龙颜”大悦，便向全连发出了那句“不管见了啥子东西，都要给我往家里拖”的伟大号召。于是全连周日一早分头出击，单拣好的去挖人家农场渠堤上的柳树。当天下午，农场的老场长义愤填膺地拎着根荆条，押着抬树回来的战士找上门。

老场长一进院子就大发脾气：“喊你们连长出来！打土豪打到老子头上了？狗日们打土豪，比老子当年还狠些！”老场长在这一方地面上资格最老，他要是抖起威风来，抽你一顿屁股，那叫活该！赵大江缩到连部不敢出来。徐小斌和胡璎日忙跑出来，一边一个、左拥右抱地把老场长弄进屋儿。俩人上烟倒茶，捶腿搓肩膀地紧着伺候，险险没叫“亲爹老祖宗”地照死里“泡”，满嘴流蜜地可劲儿“灌米汤”。老场长扛不住这般死缠滥打，终于给哄出笑模样，说：“看在你俩个小王八蛋面子上，老子把一批树苗给你们连就是喽！”

回到连队驻地的当天下午，七连的弟兄们洗过澡、吃了晚饭。赵大江布置了要各班当晚开施工总结评比会，第二天上午各班向连里汇报，下午开全连总结表彰会。

晚上连部人员的总结评比会，徐小斌原想只走走过场，他心里惦记的，是要在当晚提前写出连队的施工总结。至于明天各班的汇报，听不听那么回事儿，他们能说出啥有滋味的话来？这连队总结是给上面的书面交待，只要套路对上口味，就算糊弄过去了。真想总结出点做事的真谛？那是自己蒙上被子琢磨的事儿，哪能对上报告呀。

当过一年多连队的“刀笔吏”，徐小斌对操练这套工作总结之类样子货的路数，早已烂熟于胸。交给上级的工作总结么，无外乎：一曰政治思想挂帅，二曰干部党员模范作用，三曰同志之间团结协作，四曰全连上下英勇奋战，最后是终于取得伟大胜利结篇。洋洋洒洒一挥而就三五千字，拿出手厚厚一沓就算齐活儿！至于文章的生动真实？那不过是瞅着谁不错，就妙笔生花地给他编点感人事迹和豪言壮语应景。

当然，真赶上有必要露一手儿，就得憋点彩儿出来了。啥叫文采？“落霞与孤鹜齐飞”地充意境；啥叫胸怀？“先天下之忧而忧”地玩悲悯；啥叫豪迈？“臣屡败屡战”地装坚贞！徐小斌这个人才是怎么被指导员发现的？去年大旱，徐小斌在班里表决心时，造了句：“毛主席的战士种地不靠天，龙王不来咱去牵！”班长肖书田被忽悠得一塌糊涂报到连里，指导员再如获至宝传到营里；其后全团就满世界都刷了这句气吞山河的大标语。所以一旦来了挣表现的机会，他才会再冥思苦想一番，整出“惊世骇俗”的臭词儿来蒙事的。

不想过场没走成，见会开得差不多，徐小斌问：“都发过言了，没别的要说了吧？”

司号员瓮声瓮气开口：“我有话说，我对卫生员有意见！”

“你哪来的那么多意见！”

“我想不通嘛！”司号员道：“他凭什么说我‘思想很糜烂’，我怎么就糜烂啦？”

得！战士有想不通的事情，当班长的不管，就叫思想工作没做到家。何况都到了思想“糜烂”的程度，这问题严重了！徐小斌忙问俩人是怎么回事儿？

卫生员也来了气说：“女民兵洗被子那天，司号员偷看我的家信，还大声念：‘我儿，爹很想你。’我不理他，他还气我，说儿呀，爹我很想你！我批评他是啥作风，吊儿郎当的真操蛋。他说：‘爹想你叫操蛋？’我才说他：‘我看你这个人不光是操蛋，简直是思想很糜烂！’”

司号员反驳：“我不过是看看你的信，哦，这就说明我是思想很糜烂了？”

“吵、吵！”徐小斌喝止。他哭笑不得地问卫生员：“啥叫‘糜烂’你懂不懂？真是的，打哪儿学来的呀你。”

“资产阶级的思想，就是糜烂嘛。”卫生员回答。

“唉哟，我教教你吧。‘糜烂’就是已经坏透了的意思。他是坏透了的人么？”

“就是。我是坏透了么？”司号员跟着质问。

“你少废话！”徐小斌转头骂司号员：“谁让你看人家的信啦？我都没看，你就敢看？不像话！现在你们俩人都给我作检讨，向对方道歉！真给我找麻烦。我是个做大事的人呐，你们懂不懂？成天为你们操不完的心。”

第二天连队的总结汇报会上，大家果然对总结施工经验没什么兴趣，注意力都集中到了四排对留守工作的汇报上。

四排是火力排，下辖三个火箭筒班，一个六零迫击炮班。三个步兵排去施工累了个臭死，四排留守营房，连里临走前交代下的工作量更大。经过努力，他们胜利完成了连队全年收获“三个一万”的任务：一万斤大米、一万斤黄豆和一万元现金。这在当时是十分了不得的事情，相当于七连比全国人民提前十年当上了“万元户”。

七连今年种植的一千二百亩水稻，实现了平均亩产一千一百多斤。连队开拔去施工后，四排把稻谷扬场后留下的碎稻毛子，再重新扬了一遍，扬出了残留的一万多斤稻谷。今年春天，七连在一千二百亩稻田的田埂上全部种上了黄豆。经过四排的收割晒碾，收获了一万多斤黄豆。按农场约定俗成的规矩，哪地块上来水和回水渠中间的台条高地，都归种这块地的连队作为“自留地”所有。七连的这种“自留地”有一百来亩，于是就种了一季的春玉米，再种了一茬儿秋菜。四排把近百亩的大白菜收了，大部分卖给了市里煤矿的食堂。再加上抽空给农场造纸厂捆稻草的报酬，总共得了一万二千元。

要不孙福林说七连“富得流油”呢，七连的副业收入同样可观。由于有了那一茬儿玉米作饲料，连队存栏的猪有六十八头，且多一半养到了两百多斤重。一年有五十二个星期，这就意味着如果七连一星期杀一口猪地海吃，也够吃一年多的。除养了二百多只下蛋的鸡外，七连还养了六百多只鸭子，腌下的咸鸭蛋也有一千多斤。营区的壕沟里，去年就放养下五千多尾鱼苗，眼下这些隔年的塘鱼都长到了三五斤重。

“哈哈哈。我们连这就叫：寡妇养崽，有了老底子！”赵大江禁不住当堂大笑：“同志们，我讲得不错吧？不仅是农业的根本出路在于机械化，我们连队的根本出路，也是要靠机械化嘛！现在看看，争这个机械化试点咋个样？种这一千多亩地，到底吃不吃亏？连里的决定，硬是对头！毛主席咋个讲？‘手中有粮，心里不慌；脚踏实地，喜气洋洋’！”

大家一起笑过，赵大江布置任务：“好！再过半个月，冬季野营拉练就开始了，连里副业的收尾工作必须抓紧做。现在就把沟里的水抽干。下午开过总结会，一、三排去下沟抓鱼，抓起的鱼要腌起晒干；二排和四排去把鸭子统统杀了，也要用盐腌起。”

“下一步的工作营里来了通知：一是进行射击第三练习的实弹考核；二是施工虽然赢了五连，但还不作数，冬季拉练中师里还要对两个连考核选拔。营长估计，考核不外乎步兵‘二百米内硬功夫’那一套：刺杀、投弹和射击这三项。营里要求我们不要松劲，要抓紧训练，一定要把这个训练先行连争到手！听明白没有？好，就这样，散会！”

在人类的所有劳动生活中，收获的快乐是最为无可比拟的。

当天下午，七连营区壕沟里的水被抽干后，聚集在岸边的战士们便欢叫着跳到壕沟里，开始拾捡沟底的活鱼。整个下午，七连的营区内都洋溢着一派欢腾的气氛。大家抑制不住丰收的喜悦，喊叫着、招呼着、欢笑着，不停地将一尾尾在泥水中翻腾挣扎的活鱼扔上岸来。壕沟的两岸，很快就铺了白花花的一地。

赵大江喜形于色地在岸边站了，指挥着战士们抓鱼。连部和炊事班的人也都赶来凑热闹，站在岸边往筐里拣鱼。胡璎日边拣鱼，边为自己邀功地问赵大江：“连长，咋样？我去年说的没错吧？这鱼必须要养过了年，长成这么大才可以起塘。去年咱们要是赶着起了塘，是不是就可惜了?”赵大江赞许地对他点头。

去年秋天，别的连队鱼塘都起了鱼。七连的兵们也想吃鱼，班长们都建议也把鱼起了。胡璎日强烈反对，说这鱼才长到一斤多，现在起了吃刺儿多肉少，必须再放养一年。反对者说，明年还可以再放鱼苗养么。别的连都有鱼吃，咱连不能干看着吧？胡璎日反驳说，咱连咋会没鱼吃？农场回水渠里鱼可不少，咱下水去抓就妥了。反对者说活水里的鱼能那么好抓？胡璎日说：“咱不会搁炸药炸？文书，咱武器室里不是还存着有炸药么?”

文书兼着连队军械员的职务。徐小斌见问到他没吭声，只看看连长赵大江的反应。

部队对武器室弹药存放有严格的规定，明令不允许私自超量存放武器弹药。为战备需要，连队只能存一个半基数的子弹，其余弹药必须全部上缴。尤其“九一三事件”后，对这方面的管理更加严格，还专门进行过几次专项检查。但实际上，各连的弹药都有或多或少瞒存的。徐小斌自接手武器室后，为便于连队训练取得好成绩，他不仅谎报冒领地积存下小一个基数的子弹，还私存黄色炸药和 TNT 炸药各一箱。用炸药炸鱼当然好，但“九一三事件”刚过，此时胆敢公然用私存的炸药炸鱼，不是自找着请上级给处分么?

赵大江对现在就起了鱼吃也觉可惜。会后他跟徐小斌核计了，决定说动团部的工兵参谋来七连，以进行水中爆破训练的名义实施炸鱼行动。凡事名正则言顺，言顺则事成么。

炸鱼是件很好玩的事。那是在整条水渠边，每隔二十来米站上一个人，大家同时拉燃导火索，将炸药扔进水渠中。随着一带爆炸巨响，整条水渠被炸起一溜儿冲天水柱。待水花落定，整条水渠的鱼就被震蒙浮在水中。弟兄们就抬了抬网下渠，将水渠中的鱼一网网地一路捞过去。如此半天工夫下来，便捞净了七连地界上的几条水渠。收获的鱼大小不等，总共也有一百多斤。这不仅让全连饱餐两顿腥鲜，而且保全了放养的鱼再续养一年。

弟兄们热热闹闹干得正欢，通讯员小杨忽然用手指了报告："连长，营长来了。"

赵大江抬头看看，对身边的徐小斌笑道："咱营长也来凑热闹了，你看他那样子，老是喜欢背着手走路，也不注意点儿军人形象。"

徐小斌正在兴头上。他闻听抬头，见孙福林从远处背了手，正悠然自得地沿渠堤漫步着过来。徐小斌再往他后面看去，只觉眼前一亮。他一眼就捕捉到营长那条爱犬。这小子顿时恶习复萌，向身后趴着的大黑狗下令："'黑子'，快，啾，啾！"

"黑子"得令，警然竖耳一望，就毫无声息地箭一般窜了出去。只见它腾沟越坎，四蹄生风，展眼就到了营长爱犬的面前。只听"嗷"的一声怒吼，"黑子"张开利齿扑向那爱犬的脖子。这边七连的弟兄们都在直起身观望，见状发出一片喝彩。

奇怪的是营长眼见"黑子"冲过来，却没有如常那般急得手忙脚乱。徐小斌正自纳闷，只见"黑子"咬住对方的脖子后，"呜"地惨叫一声缩了回来，营长的爱犬立即发起反攻，狂吠着扑向"黑子"。它死死叼住"黑子"的脖子，将“黑子”扑下到渠沟里。“呜呜呜”，沟底传出“黑子”凄惨的哀求声。

“哦！哦！哦！七连的狗完蛋喽！”营长孙福林顿时高兴得大喊，他竟兴奋得像个孩子似的，跳着脚、拍着屁股地乐得发癫。

徐小斌赶紧跑过去看。原来营长爱犬的脖子上，套了个特制的牛皮颈箍，颈箍上钉满了尖刺向外的钢钉。

“哈哈哈！怎么样，啊？这回该我的狗横行天下了吧？”孙福林指着口角淌血，夹着尾巴落荒逃走的“黑子”，得意得手舞足蹈。

徐小斌气得要命：“营长，你也太损了！算什么本事呀？”

入夜，明月高悬，覆一地霜色。营房里漆黑一片，万籁俱寂。七连的战士们经过一天的兴奋，都深深沉入了梦乡。

连部宿舍里却开始了鬼鬼祟祟的行动。白天扔满一地肥嫩鲜活的活鱼，诱惑起通讯员小杨的口腹之欲。他与卫生员趁人不备，偷偷藏起两条鲩鱼。待到夜深人静，他俩叫起徐小斌和其他人，告诉了他们这个小秘密。徐小斌焉是那等循规蹈矩的好战士？听罢自是喜出望外，急着问怎么做熟？小杨说：你就瞧好吧！

偷鱼的两个坏小子取出收拾好的鱼，先用剪刀剪作几块。再用预先备下的大饭盆盛了，加上水。卫生员拿出瓶医用酒精，用只磁盘盛满一盘点燃。然后在盘边竖了三块砖头，架上装鱼的饭盆烧着。他自己已是冻得哆哆嗦嗦，赶紧钻回被窝。连部的几个人就趴在床上，眼巴巴地盯着那蓝幽幽的火苗，小声说着话，等待美味成熟。

等了好一阵，饭盆里的水烧开了。卫生员再起身，踮着脚跑下地，往饭盆里下了备好的盐、花椒和香油等调料。投过佐料后，徐小斌嗅嗅鼻子问：“咦，怎么还是闻不到香味呀?”

“哦?……对了，没放葱!”卫生员记起，转头问小杨：“你准备的大葱呢?”

“噢、噢，”小杨嘴里应着，不知从哪儿变出了几节白色的葱段，赶紧去下到饭盆里。不一刻，饭盆中就窜出了诱人的鱼香。几个人闻着，急不可待地坐起身。

徐小斌有经验地拦了：“别急，再多烧一会汤才浓呢。反正酒精马上就烧干了。”

“咣”的一声，旁边宿舍响起开门声。接着就听见外面“嗵嗵嗵”急切的脚步声。屋里的人出溜一下缩进被窝里，蒙了头大气不敢出。是连长赵大江起夜出来放水了。

赵大江有个坏毛病：每天睡觉前喜欢喝杯开水，导致半夜必要起夜“哗哗”出一大泡。别看他白天站在队前，口口声声教育大家要表里一致、要注意军容风纪，到天一黑就不是他了。这家伙不管春夏秋冬，起夜就跑到连部的后墙根撒尿。而且不肯多走半步，转过墙角，就站在连部宿舍的后窗外解决。连部的弟兄们敢怒不敢言。好在他每夜就干一次这事儿，否则到了闷热的夏天，更让人受不了。

后窗外水声“哗哗哗”激射响过，脚步声“嗵嗵嗵”地再起。屋里的人心中吊起的石头将要落地，那脚步声却停在门口，随着鼻孔的搜嗅声，门被“咣”地推开。

“你们在做啥子?”赵大江问。他的狗鼻子继续嗅着，眼睛警觉地往屋里睃来睃去。

徐小斌见“是祸躲不过”了，只得翻身趴在床上，抬起头笑道：“嘿嘿嘿，连长，我们搞了点儿小科目。”其他人见罪行败露，也尴尬地抬起头，纷纷献上谄谀的笑容。

赵大江的贼眼望定地上的饭盆。他依旧唬着脸，回手带上门责问：“咋个不放点辣椒?”不待回答，这厮就一点儿不拿自己当外人，理所当然地迈步过来蹲在地上。他伸手捻起块鱼肉举了，扬起脖子“吱吱”地开始吸吮上面挂的汤汁。

“呼啦啦”屋里一阵乱，床上的人争先恐后闷声扑向饭盆。待都抢了鱼肉到手，嘴里也嚼到了，才听到“嘻嘻”的窃笑声。

当“酋长”的就是牛！赵大江吃过手中鱼块嘬嘬手指，端起饭盆美美地喝了两口鱼汤。他再捞起块鱼来才开口：“要是有点酒，就更好喽。”

“有啊有啊!”卫生员忙“趁汤下面”，继续他的原计划。他往茶缸里倒了些医用酒精，再提暖壶往里兑开水摇了，递给赵大江：“连长，尝尝。这是咱七连的老白干。”

赵大江接过来喝了一口。他咂嘴品了：“要得!”再喝一口才递给别人。这自制老白干味道真不怎么样，喝到嘴里水是水，酒精是酒精，根本兑不到一起。不过“饥时糠如蜜”，只要是有那么个意思刺激着，也就凑合了。茶缸传过两圈，“老白干”喝得一滴不剩。

吃过喝过。赵大江跟什么也没发生过一样，起身继续“嗵嗵嗵”走他的路。出门没两步他又折了回来，丢下个更坏的主意：“营部养的‘来享鸡’，一只有五六斤重。那个东西搞一锅整起，吃得才叫安逸哟!”

连部的人们收拾了饭盆睡下，屋里才踏实安静了。大家刚睡着一会儿，旁边的宿舍突然传来猛烈的砸门声：“连长！连长！”

赵大江被惊醒了。他忙起身开了门，只见四班战士毛牛站在门外。毛牛一手提了半自动步枪，一手抓着一团衣物。开了门，他“腾、腾、腾”地冲进房里，将那团衣物扔在桌上。他自己一声不发地闷头站在一边，脸上又羞又愤涨得通红。

赵大江近前一看，桌上是条碎花蓝布的缅裆棉裤，就是被南方人讥讽为“一条棉裤，十五斤瓤子”那种。回头看窗外，见进营区的路口处，怯生生站个女人黑影。赵大江心里明白了大概。他对闻声跑过来的连部的人吩咐：“文书，你去把棉裤给外面的人，让她穿上。小杨到前边各排的宿舍守着，谁也不准出来，其他人都回去睡觉。听见没有?”

大家应了，分头散去。

“九一三事件”后，整个社会的政治形势就有了松动和变化，“解放军”这个公众形象也不再神圣和耀眼。驻农场部队感受最直接的，就是周边村庄里的老百姓，公然堂而皇之地进入农场到各处溜达，而且逮着什么抄什么。他们不是偷拿营区里的东西和菜地里的菜，就是到打谷场上偷取粮囤里的粮食。尤其是进入秋收以来，简直就是肆无忌惮地实施“暴力抢劫”。稻子成熟时，有几个下乡的女知青进入稻田，拿剪刀剪了稻穗就往麻袋里装，看稻田的战士上前制止，当即被她们一个热烈“熊抱”下了枪，按在地上抓了个满脸花！

秋收过后，进入农场的老百姓更是成群结伙。白天来的妇女，“剑指”当兵的见到妇女犯含糊的弱点，在敞怀穿着的棉袄里吊了个大布袋；不是抖了稻毛子里残留的稻谷，就是去粮囤里装稻谷。守场哨兵撵她们，就遭遇谑浪调笑：“别总追俺咧！”“总缠着俺做啥呀，你要？”反把当兵的臊跑了。到了黑夜来了男人，下手可就狠了。他们直接拿根竹筒，往稻囤里朝斜上方一插，下面停辆独轮小车接了，那囤里的稻谷便自流而下，被他们一车车装满推走。守场哨兵过来制止，他们真敢“空手夺枪”，予以缴械。前两天就有别的连队战士，夜里站岗不见了。全连人找了整整一夜，清早才在稻草垛里找到。那战士的枪给扔到一边，自己被人五花大绑地捆作一坨，嘴里塞满稻草，险险没给闷死。

部队纪律规定：对老百姓“打不还手，骂不还口”。可这隔三差五发生被老百姓下了枪的事情，也不是闹着玩的。原本一级战备令时，给哨兵配发了五发实弹。谁知前些日子，团里又发生了哨兵吞枪自杀事件，这配发子弹就取消了。哨兵手里有枪无弹，就连根烧火棍的作用都起不到。经研究再三，团里决定给哨兵发五发没有弹头的空包弹，情况紧急时可以对天鸣枪示警。

营区外的那个女人，裤子一系上，马上变成一朵“烂菜花（评剧《夺印》中的坏女人）”！她一路叫骂地打进了连部，不依不饶地一口咬定，说是毛牛“要强奸俺！”

赵大江从那女人和毛牛零乱的陈述中，大概听出了事情的原委：毛牛今晚在稻场上哨时，发现有个女人在偷稻囤中的稻谷，就过去制止。那女人不声不响，径自往稻囤的深处走，毛牛跟了过去赶她。谁知那女人走到一堆稻草边，直接脱下裤子。毛牛一时气糊涂了，傻乎乎捡起裤子就跑回连队报告。

赵大江一时间犯了难。按常理分析，自己的兵肯定没干那事儿。可“奸出妇人口”，女人红口白牙咬死了不改嘴，谁都是跳进黄河洗不清。正当他左右为难之际，旁边的徐小斌插话了：“哎，我说大姐。你看这事儿这样好不好，你这不是找到部队上来了么？我们也得跟你们生产队说说这事儿，好一起商量把这个案子断了吧？要不我们现在就跟着你一起回你们村，找队里的干部一起解决这个问题，你看怎么样?”

这种事情闹到自己家门口去？那女人当然不干啦，她马上撒泼：“你们解放军要做啥呀，欺负人呀你们？今天你们要不枪崩了他这个坏种，俺就死在你们这咧!”说着就往地上出溜，要开演“坐地泡”的把戏，咧开嘴的准备大哭大闹一场。

赵大江忙过来拉她起身：“大姐、大姐！要不这样，时候也不早了，在这儿就你一个女人，怎么样都不大方便。你不就为搞点粮食么？我们给你装上些粮食，你先自己回去。等到天亮了，我们再去找你们生产队，一起商量个解决办法，好不好?”

那女人一听这话，见好就收地应着“嗯哪”，马上从地上爬起身。

射击场上，七连正准备进行步兵第三练习考核的实弹预习。

当时步兵射击训练分为三项练习：第一项练习是一百米胸环靶的有依托精度射击；第二项练习是二百米半身靶的有依托射击；第三项练习是二百米半身靶的无依托射击。

在实弹射击中，有依托和无依的难度相差很远，尤其是这第三项练习。相距二百米，半身靶在正常视力下的大小，与枪的准星相等。加上是在无依托条件下，没人能做到在操枪纹丝不动的情况下击发，只能在枪身的微微晃动中捕捉时机击发。枪口射出的子弹差之丝毫，到达目标时的误差就失之千里。所以进行第三项练习的关键，在于掌握好枪口在晃动中的击发时机。

为了让大家在正式考核前有点儿实际体验，七连决定提前进行一次实弹预射。反正连里私存子弹，就为的是干这个的。何况这次考核的成绩，关系到能否被选拔上明年全师训练先行连呢。

这处实弹射击场位于农场的西部边缘，由此再向西，就是一望无际的盐碱荒滩了。射击场的前方，用泥土垒起了一壁十几米高的土墙。墙根处修了报靶员隐蔽用的水泥壕沟。由于有部队要进行实弹射击，土墙顶的两侧插了警示的红旗。七连刚刚到达，正在射击台后面的休息场地上整队分组，做着打靶前的准备工作。

连队自行打靶考核，连长就是主考官。实弹考核的准备工作则完全由连部的人负责。在文书徐小斌做好靶场上的准备工作后，连长赵大江不放心，再做过细的检查落实，以防出现安全问题。徐小斌按照自己的职责，拿了考核成绩册到靶场后方，将各排人员的分组一一登记了。他合上登记册抬头，见营长孙福林骑着黄骠马来了，便赶忙迎了上去。

徐小斌之所以自认为有面子，敢于在营长面前嬉皮笑脸开玩笑，主要缘于两件事情。其一是他刚当文书不久，营长孙福林在七连队前给战士做刺杀动作示范。孙福林对刺杀的偏爱非寻常可比，只要端起刺刀，人便即刻进入高度亢奋状态。他边给战士解说着，边“咵”地做出个劈枪动作。不想用力太猛，竟将掌中半自动步枪连接枪托的弯处震断了。枪是战士的第二生命，当兵的损坏了武器是要受处分的。孙福林虽是营长，搞断了枪也大小是个事故，他看着手中的断枪有些不知所措。

连长赵大江有意大事化小。他当即从战士手中另拿过条枪，上前换过孙福林手中的断枪，转身递给徐小斌。事后赵大江要徐小斌不要声张，想办法给解决一下。

连长有令，徐小斌就胆大到啥事儿都干得出来。徐小斌借着到团后勤参加军械员集训的机会，将仓库中唯一一支作样品的玻璃钢枪身，偷回连里换上。可怜军械股的助理员发现丢了唯一的样品，也怕被追究责任而不敢声张，不知用什么办法瞒过了此事。

待几个月后，助理员检查武器保养到七连，发现竟有支半自动步枪的枪身是玻璃钢的，方明白是怎么回事儿。可这是已经混过去的责任事故，谁会犯傻旧事重提？那助理员咬着后槽牙，狠狠敲着徐小斌脑门儿：“小兔崽子，你害死我！”

在这件事儿上，大家都是明白人，没必要言明。反正营长孙福林其后是无论何时见了徐小斌，脸上都有笑模样儿。

第二件事也是在训练场上。那天七连进行对刺练习，休息时孙福林正好路过。他停下来跟战士逗嘴，说现在七连没人了，论刺杀没一个行的。连长赵大江不服，说营长你不要吹，只怕你连我们文书都搞不赢！孙福林说就他那个小白脸儿？我一枪不捅飞了他才怪！赵大江心中有数，有意让徐小斌挣回面子说：“咳！这你就不晓得喽，不信你试下子嘛。”

徐小斌出身行武家庭，骨子里有好勇斗狠习性。他在班里当战士时，就有意要跟营长这个刺杀标兵比划比划：反正是我输得起，你刺杀标兵输不起。此时正乐得要实现理想，话来话去的，这俩人儿就真穿起刺杀护具，各自“吐个门户”圆上阵了。

徐小斌早就发现，营长的刺杀动作，最习惯用“骗下刺”这招儿。而徐小斌从学刺杀起，最喜欢练的动作恰恰是“防下刺”。那动作双腕向下一磕，跟着“啪”地刺出一枪，做出来煞是漂亮且自我感觉特好。徐小斌隔着护具前的防护铁网，双目不错眼珠地盯牢营长的双眼。这是他跟着“冷面杀手”哥哥去打群架得出的经验，俗话说：眼睛是心灵的窗户。杀手对阵都是身形未动，眼风先动；只要是要做动作，必是目光中先有变化。

徐小斌感觉到营长的眼神儿一闪。不待跟着响起喊“杀”声，他便将早已备下的“防下刺”动作，下意识地使将出来。只听“啪、啪”两声脆响，徐小斌手中的木枪疾如闪电，恰到好处地格开了孙福林刺来的木枪，跟着就刺中了孙福林的前胸。观战的人群中顿时爆发出一阵助威的欢呼声。

孙福林吼声：“再来！”又挺枪上前。

徐小斌丝毫不敢松懈，再紧绷住神经。听对方再发声，故技重施就出动作。不想此次孙福林仗着臂力生吃，木枪没被磕开。“啪”地一声，两人的木枪同时刺中了对方。

“姜还是老的辣”，这下孙福林算看明白了。待第三枪时，他径直出枪，来了个“跨步突刺”，双脚不离地搓出有两米远，“咚”的一声狠狠刺中徐小斌护胸的钢板正中。徐小斌来不及作出反应，就被捅得飞身而出，给摔出一丈开外。

孙福林找回了面子，作高姿态过去拉起徐小斌，连连夸赞：“好小子！是块拼刺刀的材料。只要多加强训练，早晚能赶上我。”此后他更对徐小斌另眼相看。

徐小斌上前迎了孙福林，见他整理过马的鞍具，正要给马腿上拴拌马扣。徐小斌笑嘻嘻问候：“营长来啦？要不要待会儿也打两枪玩玩儿？”

孙福林“嗯”过，关切地问：“你们准备工作怎么样？要注意安全，千万不要出事故。”

徐小斌回答：“准备工作顺利。”又伸手去接马缰绳：“营长，我来吧。”

“嗯，我过去看看。”孙福林把缰绳扔给他，自己背着手走了。

徐小斌此来真正迎接的，就是这匹马，他早惦着骑马玩玩了。见营长走了，兴奋得不行！他抖抖缰绳，牵马走几步，回头看看没人注意，便抬脚认镫，一纵身跃上黄骠马。

跨上战马的徐小斌顿觉自己英武无比，在他的概念中，自古英雄是和战马联系在一起的。高踞在马背上放眼望去，自己登时就伟大了许多，天地都为之变得渺小了，这令他喜不自胜。他抖抖缰绳喊声：“驾！”黄骠马听话起步，稳稳前行。

徐小斌的欲望不止于此，他需要的是纵马驰骋的火爆。他双脚踩住马镫立起身，用脚后跟连磕马肚两侧，抖动手中缰绳大声喝令：“驾！驾！”黄骠马得令，开始走蹄小跑。徐小斌再向马屁股上连拍几掌，加力大喝。那马便驱颈向前，展身飞跑。

徐小斌连忙扣紧马鞍上的冠梁。他突然发觉不对劲，跨下的鞍具正在向一侧转动。不好！不待他张口喝止马的奔跑，马鞍已经移转到了马腹的侧下方。徐小斌成了头朝下挂在马腿之间。徐小斌吓得一边连声喝马，一连赶紧抽脚想下马；可自己的脚被别死在马镫里，怎么也挣脱不出来。眼看自己的头就快磕到地了，徐小斌吓得脸色发白，再不知该怎么办。幸好军马训练有素，自动止步，他才微觉松了口气。

营长孙福林低头走着，就觉着身后好像有事要发生。他停下脚步回头观看，恰好看到徐小斌正歪向了马身一侧。孙福林情知不好要出大事，赶紧一边口中连声“吁！吁！”地喝马，一边抢步赶过来。

孙福林赶到时，马已经站定。他才放缓了神色，帮徐小斌把扣在马镫里的脚拔出来。终于抽出双脚的徐小斌落地后，忙一骨碌爬起身，羞愧得满面通红。他怯生生地看一眼营长，“嘿嘿”尴尬傻笑。

孙福林倒没有训诉责备的意思。他先关心地问：“磕着没有?”听徐小斌说“没事”，又和蔼地：“嗨，你想骑马跟我说嘛。我刚给马松了肚带，你也不问就骑，能不摔下来么？傻小子。”再教给徐小斌道：“骑马的时候，马肚带必须勒紧到插不进去两根手指，否则马一跑起来就容易出危险。还有，骑马不能把脚全伸进镫里。最多只能伸进半个脚，一般都是用脚尖点在马镫上。要不一旦摔下来挂住了脚，会给马拖死的。好在咱这马是经过严格训练的，要不你今天不死也得脱层皮。懂了么?”

徐小斌低头说：“是。”营长的和蔼态度，令他感动且更加难堪。

“怎么样，还想不想再骑骑?”孙福林看着他那副沮丧样儿笑问。

“啊，不不。”徐小斌哪还好意思，连连摆手：“连里打靶马上就开始了，营长，我去了。”说罢逃也似地跑了。

实弹射击进行得十分顺利。靶场上清脆的枪声阵阵。连里战士们分十人一组，紧凑有序地进入射击位置，分别进行了卧姿和跪姿的实弹射击。一个小时后，全连实弹射击完毕。

孙福林在一旁看着，感觉十分满意。

赵大江命令各排返回，自己则陪着孙福林，等着看徐小斌统计出来的考核成绩。

徐小斌向营长和连长报告，全连考核成绩总评为优秀。又讨好地问：“营长，要不要也打几枪玩玩儿，过过枪瘾?”

赵大江也怂恿孙福林玩玩儿。

孙福林无所谓地：“我还打什么枪啊？老兵了，玩枪早玩腻了。”转念又道：“不过倒也是。我当兵这么多年，还真没痛痛快快地‘吐吐’过它一梭子呢。唉！只怕以后就难有这个机会喽。”话音里就带出了伤感味道。

“怎么没机会？你现在就可以‘吐吐’啊，打多少子弹都成。”徐小斌怀了回馈营长方才态度的心思，连连鼓动。

“哦？你们连能供得起我子弹?”孙福林起了兴致地问。

“当然啦!”徐小斌说着，又不敢专美地试探连长的态度：“不信你问我们连长。”

赵大江接口道：“你只管打嘛！我陪你一起打。”

孙福林笑逐颜开，连声说“好”!

徐小斌和小杨装满几弹夹的子弹，分别递给赵大江和孙福林。那俩人便提了五六式冲锋枪，向着前方的靶子“哒哒、哒哒”地“豪”放起来。打过孙福林觉得不过瘾，让小杨再装子弹，说他要试试一口气打完一弹夹的滋味，否则以后就没机会了。

徐小斌是军械员，保证实弹射击安全是他的职责。五六式冲锋枪装满一夹子弹有三十发，他自己虽然没有连续射击过，却也知道这样射击的厉害。他从小杨手中接过弹夹，给孙福林装上，忍不住小声嘱咐：“营长，你可抱紧了枪啊！这枪的后坐力可大了，打连发不抓紧了，根本抱不住的。”

孙福林当然懂得这个。他事先向周围人打招呼：“你们都靠后闪着点啊！”徐小斌却不放心，依然站在孙福林身后，生怕发生意外，准备随时出手相助。

孙福林提起冲锋枪。他先用枪托在肩窝里找了找着力处；再双手在握枪处用力攥了两攥，觉得吃上劲攥牢了。然后，他后槽牙一咬，全身用力抱住枪身，扣动了枪机：“哒哒哒哒……”枪声激越不绝，枪身剧烈颤抖，弹仓处崩出一连串滚烫的弹壳。

这种连续射击产生的作用力实在是太大了。饶是孙福林这样的老兵死命抱了，也难以控制得住枪身的跳动。整个射击过程不过几秒钟，孙福林却被连续射击产生的作用力，强制带动出了三个动作：始则是子弹的后坐力抬着枪口向上；续而是孙福林拼力将枪口按向地面；最终却还是按压不住地由着枪口，向着天空发到最后的怒吼！

最后一颗子弹射出枪口，孙福林只觉手中的力道一下子被卸尽无余，心中随之生出空荡荡的失落感。他松开紧咬的牙关吁出口气，才发觉自己已是惊出了满额冷汗。

七、拖不垮的连队，冻不死的兵

寒凝大地，罡风呼号。故国幽燕的蟒蟒山河，进入了隆冬肃杀之中。

步兵第七九一团接到命令离开驻地，向着燕山山脉深处进发。师属其他各部队也在同一时间，从各个方向向着同一目标集结。

冬季野营拉练开始了。

自从抗美援朝结束后，人民解放军就远离了战火硝烟，再没进行过大规模的对敌作战，转入了和平时期的军队正规化建设。随着全军各兵种的建立健全和各类苏式新型武器全面装备部队，自20世纪50年代后期开始，部队便开始了以学习毛泽东军事思想为指导的正规化训练。其间也进行过几次实验性的、有各兵种参加的合成军种军事演习。到1964、1965年进行的全军“大比武”，则带有对这次历时数年的军队正规化训练检查验收的性质。

也正是自这时起，主持军队工作的军委副主席林彪开始将军队建设转向以突出政治为第一要务，开展全军活学活用毛泽东思想、争创“四好连队”和争当“五好战士”的方向上来。林副主席不但亲自书写了“大海航行靠舵手，干革命靠毛泽东思想”的号召，并且派其夫人、林副主席办公室主任叶群下部队蹲点，树立起“学毛选”积极分子典型，将由林彪主持编辑的《毛主席语录》小册子送到部队。其后随着波及全国的“文化大革命”爆发，人民解放军被当作全国所有阶层和团体中唯一不容置疑的革命派，成为全国人民必须学习和尊崇的对象，军队也开始傲然介入以至深入到全国各个领域的政治运动之中。本应作为和平时期军队建设中心任务的军事训练，反倒被长期搁置和荒废了。

那时部队流传一个政治笑话：被树为全军第一个“学毛选”的积极分子，是叶群同志下连队蹲点时发现的。那天下雨，连队厕所的下水道堵了，灌进的雨水泡得厕所里屎尿横溢。叶群看到连队一个战士主动去掏下水道；为使下水道彻底畅通，最后不惜伏身在下水道口用嘴吸。叶群深受感动，将其树为全军标兵，且亲手将第一本《毛主席语录》发到他手里。那战士在向全军部队介绍学习体会时说：俺那样做，是因为俺想到毛主席说过，共产党员要解放全人类。为了解放全人类，俺愿把五湖四海的大粪全吸干！

到了1969年，毛主席特意在一份军内情况通报上作批示，号召全军部队开展“野营训练好”的运动，说不这样就会变成“老爷兵”。这本身就含有对军队工作的批评之意，明显表示出对军队现状不满。于是自1970年冬季起，全军部队开始了进行大规模的千里野营拉练。

毛主席这番批评，说的是行家话。俗话说：是骡子是马拉出来遛遛儿！军营里能养出“千里马”？野战军，首先得活得野，然后才能说战。当年国民党军队的汽车轮子，为啥跑不过解放军的两条腿？就因为解放军活得糙，没国民党军队那么娇气。逮啥都能吃，逮哪都能睡！一说起当年打进上海睡马路，就都觉着可了不得！其实在当兵的看来，很正常啊，“苦不苦，比比红军两万五。”前辈当年过水草地没吃没喝，泥里水里不是照样躺下就睡？检验一支部队的作战能力，“敢打必胜”还在其次，首先得说拉不拉得出去，野外生存能力如何。且不说步兵能不能连续行军吧，就您摩托化的王牌军，长途奔袭敢保证多数装备不趴架么？

为表示“不当老爷兵”的坚强决心，1970年的野营拉练侧重拉出营房、以走为主，强调走出千里以上。于是乎，但见神州大地的雄关漫道间，军旗猎猎。全军部队在山川湖泽间往来穿梭，着实进行了两个来月。第二年林彪事件爆发后，才将其转到了走训结合的野营训练方向上。在野营拉练的同时，加进了组织部队开展“三打三防”（打飞机、打坦克、打空降和防原子武器、防化学武器、防海岸登陆）的作训科目。

在开始野营拉练的第二天，全师各部队向着燕山山脉中一方山坳处汇集，举行全师会操典礼暨冬季野营训练誓师大会。

到上午八点半钟，进入集结地的公路上热闹起来。一队队绿色长龙首尾相连，接踵而至。公路两侧的路沟外行进的是步兵，中间的公路留给了炮兵车队。车队扬起路上的尘土，弥漫了整条道路的两侧，呛得人喘不过气来。坐在车上的炮兵弟兄们兴高采烈，他们挥舞着红旗，敲响喧天的锣鼓，不停高呼：“向步兵老大哥学习！向步兵老大哥致敬！”在地上背着背包、腿儿着的步兵弟兄们，本就被扬尘搞得灰头土脸、心里憋屈到喘气都不顺。听了这等明显戏弄的口号更加恼火，不住有人小声回骂："你大爷的！少他妈说好听的。真想学习呀？下来跟我们换换！"

会操的地点是片两山挟持间由千年洪水冲积而成的小平原。至九点钟前，各部队都紧凑有序地进入了会操场地，全师按预定时间集结完毕。

会场前方临时搭起的主席台上，师首长和各团的团长、政委都已坐定。主席台前依次排开三个步兵团的列队方阵，后面是师炮团、师高炮营及其他直属部队。整个会场虽不见彩旗飞扬，但军阵本身就是一种威武的气势。站在主席台上放眼望去，但见群山壁立，长风浩荡。几千人的军阵肃立，各色兵器闪闪发光，场面蔚为壮观。

团里特意指定孙福林担任七九一团值日官。孙福林对团里给予的信任和荣耀十分感动。待全团进入场地站定后，他有意待其他部队行将整队完毕时，才大步跨到全团方阵前方。他略微稳定一下自己的情绪，目光虎虎地扫视过队列前站立的各营、连指挥员。然后，他调动起丹田之气直抵上膛，用洪亮的声音高声喊道："七九一团全体注意，听我的口令。"在给过部队半分钟反应时间后，会场的上空突然爆响出一声炸雷般的口令："立正！"

"咵！"队列里随之发出一声齐响。不仅七九一团的官兵为之一振，就连在场的其他部队都不禁扭头注目。接着，就听到那雷鸣般的口令声再次响起："向右看——齐！"

随着口令，七九一团队列里发出一阵"簌簌簌"的脚步搓地声。整个团队的队列中闪动起一波波由首至尾的双向摆动。自行调整过后，方阵的队形变得十分整齐。

孙福林虎步彪行地走过队列前方，检验过一遍队列，他觉得还不够满意。

孙福林回到队前值日官位置："向前——看！"他高举起拳头大声喊道："全团注意，把注意力集中到我这里！再来一遍。一定要做到：竖要对正，横要看齐！全团每一个人，都必须拿出精神来！"

喊过，他再留了半分钟准备时间，才发令："向右看——齐！"

孙福林再去队列前巡察。经过再次整队的队列，不仅横平竖直、整齐划一得无可挑剔，而且全团官兵个个目光炯炯、昂首挺立，人人都精神饱满，像只钢钉般楔定在地上。

孙福林望着威风凛凛的团队，心头激荡起一股冲动。他由衷感受到一种不可遏制的崇高荣誉感！他为自己是这支威武队伍中的一员而无比自豪，更为能有幸担当这支队伍的号令者而激动。联想到这可能会是自己最后一次享受到这种荣耀和幸福，心底不禁怆然惆怅。百感交集间，他的喉头发哽，视线竟不争气地有些模糊了。

孙福林再次返回到队前。他强自镇定下情绪，继续发号施令："向前——看！"

"稍息！"

停顿一下。鸦雀无声的会场上空，再炸响起孙福林斩钉截铁的口令："立正！"

随着令出，全团官兵的脚后跟同时磕出一声山响。

孙福林作个标准的向后转，跑步到主席台的正前方。他向着师值日官立正，敬礼，以声震全场的吼声，干净利落地报告："报告！陆军第七九一团，集合整队完毕！"

会操过后，全师部队迅速撤离会场，各自返回昨晚的临时驻地。

就在七连即将到达驻地村庄时，营部的通讯班长飞马赶来，递给赵大江一份师作训科下达的命令：命令你连就地野炊午餐，并按所附行军路线图，务必于本日十六时到达二十公里外的陡河水库水闸。

赵大江意识到师里的选拔考核开始了。这考核命令是要求完成两个任务：一是野炊，二是进行二十公里的强行军。他抬手看看手表，时间已是正午十二点零六分。赵大江马上叫来胡璎日和炊事班长，告诉了他们师里的考核命令。他命令炊事班立即野炊造饭，必须在中午一点十五分给全连开饭。一点半钟连队将出发，开始强行军。

接着，赵大江集合全连，传达了师里的考核命令。他进行了战前动员，要求全连同志抓紧时间休息，整理行装，搞一下排除大小便之类的“内务”，做好一切准备。尽管刚刚经过行军和长时间的会操站立，大家都很疲劳，但全连同志一定要发扬吃大苦、耐大劳的精神，保证按时并争取提前到达指定地点，坚决完成这次强行军考核任务！

这次任务是艰巨的。野营训练不配发弹药，当时一个战士行军负重二十多斤，包括：一条四斤的棉被，一条两斤的褥子，一条农场配发的四斤重毛毯，一件两斤重棉大衣和“七斤半”的步枪；再加自身棉衣棉裤、雨衣、随身携带的内外衣裤、野外作业的军用锹镐等。此时是经过一上午的行动，再进行强行军，所以抓紧时间恢复体力，就成了首要任务。

野营拉练，最苦是炊事班——必须保证连队能按时吃上热饭热菜！每天连队出发前，他们要提前出发打前站。到达目的地后，不仅要提供连队晚餐，烧开水给大家烫脚，还要做出第二天午饭的干粮发给全连每个人，做完这一切他们才能睡觉。第二天又要比连队提前两个小时起床，提供连队的早饭。在连队用餐后，再马上收拾起炊具去打前站。

连队每天的给养由团运输连送来。但连队的炊事班必须要备好保证供应一餐的粮菜，以备急需。各连队炊事班在行军时，都推着一辆独轮小推车。车上装有一百多斤粮食，佐餐的菜品调料，烧饭用的木柴，再扣上两口行军锅。所以他们虽没有武器负重，可就这辆小推车的分量，也够几个炊事员一路折腾的了。

连队进行动员的同时，炊事班开始紧张行动起来。炊事班日常训练科目就是野炊，相当于时下遇到突发事件时的“应急预案”演习。所以不需交代，四个炊事兵抬了两口行军锅，飞奔去村口的井边取水。胡璎日和炊事班长选了路边沟底的背风处，扬锹土观看了风向，便挥起军镐在冻得坚硬似铁的冻土中，各刨一个灶坑。待取了水来，架起行军锅在已经点燃木柴的灶坑上，便向锅中下了大米闷饭。那一厢炊事员在紧张地切菜……

中午一点十分，炊事班长向赵大江报告：“连长，炊事班提前完成任务，可以开饭了。”

赵大江看看，午饭是一锅大米饭，一锅点了盐、酱油和香油的热汤，再加一盆咸菜炒熟肉。赵大江道声“好！”对坐在地上休息的兵们下令：“开饭！全连吃饭时间十五分钟。”

全连弟兄们听了连长的命令，赶忙“呼啦”一下子起身，全部扑到饭锅前。大家争先恐后地去盛饭，乱糟糟地挤做了一团。

“做啥子，做啥子？都给我站起！”赵大江一见就火了，大声喝止：“抢啥子抢，还怕吃不上饭？全连党员、班长，给老子滚出来！同群众抢饭吃，你们好意思？不要脸！”

全连的兵都给骂住了，谁也不敢再盛饭。一些人红了脸，羞愧地退出人群。

赵大江这才缓了口气下令：“从一班开始，一个班一个班地挨着来，动作要快！”又对那些退到后面的道：“你们先去喝汤嘛。”弟兄们这才开始又忙忙动作起来。

这当兵的野外紧急情况下的用餐，也是有门道儿的。手边没有碗筷，就要用漱口的军用茶缸和牙刷代替。第一次盛饭时热得烫嘴，要先盛半茶缸吃着，吃完再去盛满一茶缸的饭菜。这样即便是下达了出发令，也可以端了边走边吃。连队的士兵们都经过了去年的拉练，懂得这个道理。待十五分钟吃饭时间结束，全连的弟兄们都盛过了第二次饭。行军锅里也刮得干干净净了。饶是如此，弟兄们也只是吃了个半饱。

炊事班提前收拾好炊事用具，此时将行军锅扣在小车上，推起抢先上路了。赵大江一边命令连队集合，一边关心地问要跟上炊事班走的胡瓔日：“你们炊事班的吃了么？”

胡瓔日道：“没哩。连长你放心吧。俺们带着有冷馍，路上边走边啃。”

赵大江望着他跑去的背景，心里感动又感叹：这些同志啊！其实无论人品咋样，只要把工作和自己的责任放在第一位，必定会表现出“毫不利己，专门利人”的情操！

开始强行军后，七连的兵们心气儿很盛，个个精神抖撒。连队像支射出的箭样“嗖嗖嗖”地往前窜，这也得益于午饭只吃了个半饱的缘故。俗话说：饱困饿乏，人在吃得饱饱的之后，都会有一阵子懒洋洋的感觉，没吃饱反倒精神头足。

赶过一段路，不少人心中暗暗叫苦，理解了赵大江提醒：搞一下“内务”之类的用意。

当时部队配发的内裤，是那种到大腿根的短裤。这种内裤平时穿还行，可一到走长路就会往中间缩。尤其洗过几水布质薄软后，会在长途行军中缩卷成一条布绳，紧紧勒进屁股沟里，磨得十分难受。所以行军拉练，大家都会在起床时就提前穿上长衬裤。今天会操都没作此准备，没想到骤然来了个强行军。赵大江提醒时谁也没想到这一层，只顾了坐在地上多歇会儿。到此时大步流星地飞奔起来，这短裤可就给弟兄们多添了一份罪受。

行军出发地是燕山山脉的边缘地带，前进的方向直指大山深处。走不多久，队伍就踏上了一路上坡的山道，沿着那种赶牲口走的土路，盘盘绕绕地钻进了崇山峻岭之中。

大跨步走在队前领队的，依然是连长赵大江。赵大江这四川娃子的秉性里，天然有股子蛮劲，做啥子都一定非要搞逑成事情不可！赵大江心中的目标经过自我加码——一定要提前到达才算完成任务。所以他从一开始就脚下发了狠劲，闷着头撩开大步、加快频率疾走。领队的这样走路，走在队尾的人就惨了，必须要不时地小跑才跟得上队伍。

燕山山脉山峰相连，层峦叠嶂，望不到尽头。这一带山区土壤贫瘠，地上只有层像是落尘土积下的薄薄地表土，其余便全是花岗岩石。去年拉练时，部队专程去拜访过当时全国闻名的“农业学大寨”先进典型——沙石峪村。它的感人事迹是在石窝窝里栽果树、种庄稼，所谓“万里千担一亩田，青古板上创高产”。所有到那参观的人，都要给带去一份礼物——从山脚下背一兜土上去，可见土在这地方的金贵。此时弟兄们脚下的山路，看着像是黄土路面，其实多数路段只相当于在石板块上敷了层土，相当坎坷。在这样的路上行进要十分留意，一不小心就会被凸起的石块崴了脚。

一阵凛冽的朔风过后，天空中堆积起乌浓的云层，遮得万物黝黑。转眼间空中“扑喇喇”劈头盖脸降下暴雪，暴雪借助山间横扫的风力，打得人睁不开眼，脸上像针扎般刺疼。不一刻，暴雪便将山野变出一个白皑皑的世界，弟兄们脚下的麻烦随之而来。

暴雪下得太急，不待与路上的浮土搅拌，便被前边人的脚步踩成了雪板。后面的人踩上去，就像脚下抹了油，少不得一步一滑地吃劲。队伍里开始不时有人滑倒，也有人在滑倒后脚步一拐一拐的。但全连的弟兄们没有人吭声，都咬紧牙关坚持不掉队。

这样走了近一个小时。暴雪倒是减弱成了大雪，但人的疲劳度也达到了第一极限程度。队伍里摔倒的人越来越多，队尾小跑着追赶的人数不断增加，弟兄们真有些吃不消了。刚刚大家体内的水分化作汗水，已经淌得湿透了棉衣，连背后的背包上也溻湿了一片。此时体内水分流干，脸上再挤出来的尽是一抹一把的细盐粒。口中的唾涎变得又稠又粘，嗓子眼都被粘得打不开了。军用水壶里的水早就喝干，所幸可以匆匆抓把路边的白雪救急。然而空荡荡的腹中激了冰雪，周身就冰得直打哆嗦。鼻子的呼吸功能在此时完全不敷使用，人人都在大张着口喘气，靠肺“拉风箱”补充氧气。队伍首尾的长度眼见越拉越大，后面的人尽管拼命追赶，可前面的队列就像台无情的永动机，怎么追也是个赶不上、跟不住。于是就有人在连摔了几跤、爬起咬牙赶路中，一路走、一路绝望地抹开了眼泪。

走在队伍中间的徐小斌情况还好，他是个有生理特长的人——脚背长得高。脚背高的人最适合走长路，所以他行军拉练，脚上从来没有打过水泡。此时他见弟兄们都累得这副惨样儿，心中又自以为是而起了不满：按行军条例规定，强行军也要每行进一小时，休息十至十五分钟嘛！哼，连长今天又犯了牛脖子。不行，我得为民请命，给弟兄们争回休息的权力。想着，他脚下加大了步幅，一点点地赶到队列前头。

“连长，都走了一个多小时，应该休息一下吧?”徐小斌边走边小声提醒赵大江。

赵大江对他的话不予理睬，顾自疾行。

“连长，弟兄们都累惨了呀！应该休息一下了。”

“不行!”赵大江横了徐小斌一眼。

“连长，按规定，强行军途中是应该……”

“你少讲怪话!”赵大江来了蛮劲，呵斥徐小斌道：“我讲不行，就是不行!”

徐小斌只得退到一边跟着走，撅了嘴小声嘟囔：“他妈臭军阀作风，蛮不讲理!”心里又暗恨：一将成功万骨枯！当个屁大的官儿，就拿弟兄们不当人。

赵大江同志自己也是人，岂有不知累的道理？他作这决定是有理论依据的。一般人在高强度运动中，都会经历一个疲劳极限的坎儿。过了这个坎，也就是当人的口中再生出津水口液时，反倒不再感觉那么疲劳，会重生出保持机械动作的耐力，而这个坎儿出现，往往在行军一小时前后。所以要休息也要等到再次出现疲劳极限，对于任何男人而言，到那时才是真的再也扛不下去，必须要休息一下了。何况从行军路线图上看，二十公里的路程刚刚走了将近一半，他当连长的心里能不急么？

心里急归急，赵大江倒也不是个不顾客观实际的人。他骂过徐小斌转念，跨出队列站在路边看了。见弟兄们果然是意志消沉，人人都哭丧着一副苦瓜脸儿，亦哀亦怨地拖着脚步。看来唯有发挥精神力量的功效，才能激发起士气。

赵大江跳上路边一块石头，振臂发出激情呼喊："好——大的——雪——哟！"

这一嗓门儿怪异呐喊，唤回了大家的意识。弟兄们都扭头困惑地看他，不知所谓。

"同志们！我们这是在做啥子嘛，不是在奔丧吧？"赵大江笑着大声发问。队列中的弟兄们见问，都咧咧嘴，强挤出些苦涩的笑意。

赵大江跳下石头，继续大步走着喊道："不是奔丧就好！强行军嘛，垂头丧气也是走，精神抖擞也是走！当兵，就要当出个生龙活虎的样子出来。都给我拿出点子革命军人的气概！哎！四班长，你来给大家出点啥子节目，唱个歌也好嘛！"

肖书田见连长单点自己的将，当即心领神会。他略想了一下，放开嗓音大声道："好啊！我给大家念段毛主席的诗词吧。"

肖书田清了清嗓子，边走边大声朗诵道：

“漫天皆白，

雪里行军情更迫。

头上高山，

风卷红旗过大关……！”

“好！”赵大江大声打断：“头上高山，风卷红旗过大关！四班长，就是这首诗词！你来一句一句地教，要把大家都教会、背熟！同志们，大家一起，大声跟起喊起！”

赵大江的决策奏效。弟兄们高声念诵呐喊过后，果然提起了胸中的天罡之气。再坚持走过一段山路后，人人身体的疲劳极限也过去了。队尾的人渐渐地跟了上来，整个队列不再显得那样拖拉和零乱了。

不知不觉间，队伍走上一片高坝。高坝那边是个小有规模的村庄，路边还有座生产队的饲养棚。饲养棚边的井台上，一个老头正用水桶从井里打水，要饮牵在身边的一匹骡子。

七连的士兵望到，如见甘露般不约而同一拥而上，奔那水井玩儿命地扑了过去。赵大江见状急得连声大喊：“不要急！井里的水冷，小心激炸了肺，先在口里含下子再咽！”

当兵的还顾得那些？他们扑到井台边，道声：“大爷，给口水喝。”不由分说就埋头到水桶里狂饮。一个喝了紧接下一个，最后干脆捧了桶，一人一口地往下传。惊得那老头都看傻了，连说：“这是咋地啦，咋渴成这样？这帮孩子啊，可真是的。”

赵大江看得摇头，只得下令：“休息十分钟吧。”

当兵的到底是年轻火力旺。冰冷的井水一路冲进肚子里，没有丝毫停顿就走了皮下汗腺，额头上立见细密冷汗，人跟着就激出一串冷颤。待第二次再喝进水去，才觉出胃里冰凉，存下的水直个劲儿地逛荡；也才感觉到腹中饥饿得浑身乏力，再也撑不住了。

赵大江展开行军图看过，过来问那老头：“老乡，这里到陡河水库还有好远？”

“陡河水库？”老头奇怪地看着赵大江，用手一指：“那不就在那儿么？”

赵大江顺着老头手指的方向望去。见越过路边的一道沟壑，是一片更高的高台。他追问一句：“那里就是水库？那水闸在哪儿？”

“那边的高台儿，就是水库的大堤。”老头再指着说：“水库的水闸就在那儿。你瞅见了吧，那个不就是水闸的闸房吗？”

赵大江眯眼望远。透过漫天飞舞的雪花，果然看到水库的闸房。他再观察，搞明白脚下是一个山坳。沿着图上标出的道路走，是在绕走一个弓背形的线路到达水库。如果是越过脚下的山坳走，则是走一个直线距离，时间上会节省很多。他决定走直线。

赵大江谢过老头。他转身召集全连弟兄坐过来，对大家说：“眼下的情况是这样。对面就是我们的目的地——陡河水库的水闸。如果沿公路走还有四五公里，现在的时间离命令要求还剩半个小时。如果我们越过这道山沟抄近路，尽管上坡下坡的路不好走，但路程上可以省掉小一半。连里决定，我们选择走直线这条路。”

“喔……”人群中有人发出不情愿的反对声。

“安静！听我讲完。”赵大江解释：“我晓得大家都很疲劳。我们顺公路走，也能按时到达。但是，我们这是在完成上级考核的任务！必须要从难、从严、从实战出发！大家看过电影《南征北战》，懂得时间就是胜利的道理。我们不但要按时完成任务，而且必须提前才能赢过别个！现在是考验我们连队作风的时候，大家有信心没有？”

“有……！”

“我再问一遍，大点儿声回答；大家有信心没有?!”

“有!!”

“好！这才是七连作风。”赵大江予以赞扬：“雪大路滑。我们下面的行军，必须做到不能发生人员伤亡，不让一个同志掉队！我要求全连的党员，起到骨干先锋作用来！每个人必须扛两条枪。要帮助身体弱、走不动的同志，我们大家一起胜利完成强行军任务！”

“凭什么呀？”徐小斌当即不服气地大声抗议：“就你们党员是人，我们团员就不是人呀？咱走着瞧，不定谁替谁扛枪呢！”

“没错！”“就是！”人群里响起一片好胜的附和声。

赵大江此举想要的，就是这种“激将”效果。

“好！是英雄，是好汉，实际行动比比看！”赵大江大声下令：“全体起立，集合！

“出发！”

七连的士兵们不知打哪儿窜出来股邪劲，一路滚翻跳跃地冲下沟底。在沟底稍事休整，再一鼓作气爬上水库的大堤。到了堤上，他们全变成了裹满一身雪污的“泥猴儿”。

赵大江没容大家喘匀气儿，就召集全连集合，再给出半分钟时间整理军容和行装。然后他整起队列，带领全连迈着整齐的步伐走向水闸。

远远的，就见水闸边停了两辆吉普车，站了几个军人：前边一个挺着肚子的矮胖子，是团里郎副团长；后面站的是营长孙福林、团里作训股的参谋和师作训科的赵科长等人。

队伍到达。赵大江跑步到郎副团长面前，立正敬礼：“报告郎副团长，七连奉命到达指定地点！请团首长指示。”

郎副团长抬手看了表：“不错。你们提前了十分半钟！”说罢，他摇摇摆摆地走到队列前，深表关切地用山西话大声问：“同志们，累不累呀?”

“不累!”弟兄们齐声喝道。

“不累是假的。”郎副团长又来了老一套：“但是，我们革命战士，就是不怕累！你们说，是不是呀?”

“嘿嘿嘿!”队列里发出了笑声。

“嗯。”郎副团长转身吩咐孙福林：“三营长，你向他们传达下一个任务吧。”

“是。”孙福林走到赵大江面前宣布：“按照师作训科的命令，七连下一个考核科目是就地露营！要求是不得有人冻伤，不得有人生病。要在今晚的雪地露营中，保持和恢复部队的战斗力。要保证连队能以充沛的精力和体力，去迎接下一个任务!”

“是!”

郎副团长和作训部门的人再交代过几句，就乘上吉普车走了。营长孙福林留下没走，到这时，他才得便跟自己的部队亲近一下。

孙福林走到队列前。他用关爱的目光一个个看过战士，紧闭着嘴，伸手去摸了几个战士的棉衣和背包。他对身后的赵大江吩咐："赵大江啊，让队伍到大堤下面背风的地方休息，别站在这风口里，啊?"见赵大江点头，又说："各排去捡点树枝、柴火什么的，拢堆火烤烤。别觉着年轻不在乎，积了寒气是一辈子的事。还有，就是这水库里的水，一定不能凉着喝，必须灌到水壶里烧开了。这是一条纪律！哦，让大家留神，不要走了火。"

赵大江向全连布置过。队伍散开后，孙福林又叫来赵大江："走吧，咱俩儿去看看地形，选个夜里宿营的地界儿。"他抬头看看浓云密布的天空，雪停了，山口那边的风跟着就来了。他边走边对赵大江道："下雪不冷化雪冷啊！黑了这一宿儿？哼哼，够你们这帮孩儿受的。"

赵大江随口应了，他的心中也正在思谋着雪地露营的事情。

孙福林一路走，一路赞许道："赵大江啊，你们今天的强行军任务完成得不错。我看你这个人么，还真是有股子顽强劲。好啊，这样我对七连就放心了。"

赵大江听着一怔，站住脚问："营长，你这是啥子意思？咋个像在做交代?"

"这你还看不出来?"孙福林也站住脚："我是肯定要转业的喽！"又仰面感慨道："唉！我唯一的遗憾，就是这辈子当了回兵，没捞上打一仗！我是真不甘心啊。"

赵大江安慰道："我还不是一样。上了次越南战场，也是跟着人家高炮部队去打下手。和平时期嘛，当兵的派不上用场哟！"

"嗳？你这样想可不对。"孙福林责备："咱们当兵的平时练兵，等的就是有仗打的那一天。军人讲究一战成名，建功立业！别看咱们现在不是主力部队，一旦有仗打，一场血战下来，就扬名立万了。当年打上甘岭的部队也不是主力，一战下来不就举世闻名了？”

“是啊？”

“那当然！所以说，这次争这个训练先行连十分关键。搞好了，将来七连就是全团，甚至是全师的尖刀。无论是连队还是个人，都会被上级格外重视！”

赵大江听了十分振奋，更加激起他争下这个训练先行连的决心。

孙福林和赵大江聊着走到大堤边上站了，四下察看过地形，选定了露营地点。两人再小声商议着，回来到连部点起的火堆前坐下。这时炊事班也跟上来了，炊事班长和胡璎日来连部报到。赵大江叫他俩坐下，一起说说晚上的食宿安排。

文书徐小斌报告说：“我和卫生员已经检查过。全连同志的身体情况良好，没有人生病。连里有十来个人崴了脚，但都无大碍，没到扭伤的程度；卫生员已经通知各排，趁着开饭前的时间，把被雪水浸湿的棉鞋和湿袜子烤干，以免发生冻伤；为防止夜里睡觉时冻伤了脸，也已经把防冻油分发到各班，让大家在睡觉前抹在脸上。”

赵大江听了点头，对炊事班长吩咐：“你们炊事班烧锅开水，给大家暖下子肚子。团里运输连已经送来了给养。天马上黑了，晚饭早点吃，跑了一天路，让大家都早点休息。”

炊事班长应过。赵大江又思虑着看着孙福林说：“睡觉前，最好能都烫下子脚。脚暖身不凉嘛！可惜没得洗衣脚盆。送来的给养我看过，是小米、白菜和粗粉条。这些东西的热量不够嘛。最好能搞点啥子高热量的东西，补充一下体力。”

孙福林指了胡璎日说：“这就看你的了，你不是挺有本事，能不能想想办法？”

“中！俺来想办法。”胡璎日挺痛快地应下：“刚才路过，俺见路边那个村子不小，俺这就去村里找他们村干部。”说着站起身。

赵大江忙嘱咐他：“你身上带钱没有？不要白拿人家的哟。”

“你情放心吧！俺挎包里装着有钱。”胡璎日转身走了。

赵大江问孙福林：“营长，你看还有啥子没考虑到的？”

“嗯，差不多吧。”孙福林沉吟了道：“对了，再有就是夜里不能放松警惕。这地方新中国成立前是傅作义的地盘，新中国成立后一直是‘国民党的模范县，共产党的麻烦县。’过去咱部队拉练在这一带住下过。刚架上电话线，就不知让谁给剪断成两米长一截一截的，还有哨兵在夜里被砸过石头。我看夜里还是放双岗吧，也好相互有个照应。”

接下来赵大江就召集班排长们聚拢到连部火堆边，开会布置夜里露营的事情。

北方山区，夜里的寒气无孔不入。冬季露营，单靠点几堆篝火没用。对此，军队自有一套规范措施应对，这规范就是：首先要用方形橡胶雨衣搭起挡风遮露的帐篷（方形雨衣就是为搭帐篷的）；其二是搭地铺必须两人一组地搭伙。地铺是在地面铺上柴草，柴草上铺两个人的毛毡和褥子，隔开地底寒气。睡觉必须两人一铺，头对脚、脚对头；而且必须脱了外衣，为对方抱住脚捂热；身上再盖两人的棉被和棉袄棉裤；最上面压上两件棉大衣。

班排长们听罢感觉新奇，交头接耳地议论。赵大江又问：“营长还有啥子要讲？”

“嗯。”孙福林手中拿了根树枝指点着，瞪起眼睛道：“都给我记好了啊！这雪地露营的关键，就在于每一对搭伙的人，必须要给对方捂热了脚！要把对方的脚一直捂热到心里。脚上暖了，身上才不会冷。换句话说，我们连队最根本的力量所在，就是能够把每个成员的心捂热！这也是一条生存法则。在最残酷的环境下，只有人人都把温暖留给对方，才能相互依存地生存下来。如果是人人都只想自己，不管别人死活，最终必定是大家一起完蛋！我们一直讲要‘团结战斗’，讲集体主义精神，说的就是这个道理。明白了么？”

大家齐声道：“明白了！”

赵大江下令：“那好。大家回去抓紧时间，把刚才交代的露营方法，传达给全连每个同志，认真做好准备工作。”

准备工作一开始就遇到了难处。刚下过大雪，上哪儿找干柴草？正当为难之际，胡璎日领着两挂大车来了，车上堆了高高的谷草。全连弟兄们见了，都欢呼着迎了上去。

胡璎日满脸是笑跑过来，喜滋滋汇报：“连长，俺这趟收获可大！俺跟他们生产队干部一说，人家可支持、可热情了。说咋着也不能冻了咱亲人解放军啊！这地方产谷子，人家马上借给咱两车谷草打地铺。这下，咱做饭烧火的柴火也有了。”

赵大江连说“好，好”；又强调：“烧火的谷草一定要给钱哟！”

“那是。”胡璎日再道：“还有。俺到村里供销社一看，可巧有半筐刚收上来的鸡蛋。俺一核计，睡觉前给每人发三个煮鸡蛋吃，不就增加热量了？就跟人家死说活说，这鸡蛋叫俺全买下了（当时农副产品统购统销，不得随意售卖）。顺便还买了挂红辣椒，晚上好烧辣椒水，给大伙儿烫脚。其实俺进村时，就相中了牲口棚外放着的那个饮牲口的石槽子，想着可以拿它来烫脚使。在牲口棚套车时，就跟喂牲口的大爷借了，一起拉回来了。”

“要得、要得！”赵大江高兴得连声称赞：“你娃干得漂亮！”

“我就说过嘛，这小子他妈有尿性！”孙福林也乐得直夸。

胡璎日得意地凑到孙福林跟前，厚着脸皮请功邀赏：“营长你说，俺是不是捂了半张嘴，也管说住天下人了？”

孙福林笑着拍拍他的头：“臭小子，瞧把你给逮（美）的！”

七连的宿营地选在了山崖下的山凹处。入夜后，全连熄灭篝火，弟兄们都缩进简易帐篷里，早早地进入了梦乡。唯有营地的最深处，连部的篝火还在孤独地闪亮。连队的两个哨位，一个设在营地外，一个设在帐篷中央的架枪处。

明月斜钩，寒星辽远，万物都在雪野中沉入死寂。群峰幽幽，显得格外狰狞阴森。刺骨的寒风从山峰间奔啸穿越而下，在这一方低洼处汇聚回旋、冲撞肆虐，不间断地发出令人心悸的“嗷嗷”嚎叫。

夜深了。坐在篝火边的孙福林依然没有睡意，营长没睡，赵大江自然要陪着聊天。文书徐小斌在一旁裹了被子，蜷缩在篝火边打瞌睡。

孙福林是想守过这漫漫寒夜。种种迹象表明，组织上让他转业已成定局，这更令他对部队的依依之情日浓。特别是自己长期生活和领导过的这支老连队，在今天一天里的表现，更让他对这帮兵平添出几分不能自已的爱意。在他的军旅生涯中，也从未有过雪地露营的经历，这让他对露营的结果放心不下，担心自己考虑不周，给这些连队的后继者造成伤痛以至终身伤害。爱是人生中至高境界的享受，孙福林并没有意识到，其实他眼下正沉溺于对连队深情挚爱的甜蜜和幸福中不能自拔。

孙福林心中情感孤寂，苦于无以施展宣泄。他抬眼见徐小斌在朦胧间睁了睁眼皮，像是对自己笑了笑似的。对于徐小斌，孙福林一直感觉有多一份责任。徐小斌到连队不久，他母亲就辗转把电话打到了营里，请部队上对她的儿子多给予帮助和关照，听电话的正是孙福林。尽管只是个战士家属的托付，但毕竟来自北京、经过层层军线转下来的。军人的天职是对上级指示忠实执行，在电话里应过人家，就要守信用。他也确实喜欢徐小斌的率直天性。此时见徐小斌睏成这样，还在勉力陪自己，孙福林便将他作了情感释放的对象。

“小斌啊，别撑着了。快去钻被窝里睡吧。”孙福林和蔼地说。

其实徐小斌并没有陪领导熬夜的想法。年轻人天性喜欢熬夜，因为打小受到的最大压迫，就是天一黑大人就逼着“快睡觉去！”时下的年轻人，不也把“刷夜”当时髦？在他们的潜意识中，都把就不睡觉当作反叛方式。徐小斌此举不过是个不自觉的行为，听到孙福林的关心话，徐小斌反倒一下子清醒了。他坐起身，用被子蒙了头兴兴道：“嚇！家伙的，这天儿还真够冷的啊！”就拾起些枯树枝，往火堆里添柴。

孙福林拿出自己还没吃的煮鸡蛋，对徐小斌道：“饿了吧？把这几个鸡蛋吃了。”

“你吃吧，营长。”徐小斌拉过自己的挎包打开，笑道：“‘皇军这里金票大大的’！”

赵大江看到包里有十几个煮鸡蛋，责问：“嗯？你咋个又搞起这么多，又在搞特殊？”

“不是呀。”徐小斌辩白：“这是人家胡璎日单给你们留的。他说你们夜里可能会饿了，把分剩下的就都搁我这儿了。”

孙福林对赵大江笑了道：“你这个当连长的，别冤枉人家么。”

“就是！”徐小斌申冤控诉：“我们连长老把我当坏人儿，叫我还怎么进步啊？营长啊，我算是没法活下去了呀！”他伸出手，学了《列宁在一九一八》里刺杀列宁的那个女杀手的声色：“‘给我手枪！’”

两个领导都笑起来。赵大江指了他对孙福林道：“唉，我们这个连里哟！硬是——‘文书屌，屌得不得了！’”

远处闪出两点灯光，徐徐向这里移动。待走近，才看出是开来辆吉普车，孙福林和赵大江忙起身迎了上去。

车上下来的是师作训科的赵科长和团里的作训参谋。他们是来检查验收连队露营情况的。双方轻声说了说部队露营的情况，就蹑手蹑脚地来到营地帐篷中间巡查。

用军用雨衣搭起的帐篷可谓简陋。它只能遮了夜间的寒露和挡挡狂风的直接吹袭，根本阻挡不住无孔不入的阴风和寒气。七连的士兵们，都严格按连里布置的露营方式裹成了一坨，露在卧具外的头，皆用放下帽耳的棉帽包了，脸上再捂上军大衣的棉绒衣领。赵科长轻轻掀起大衣领，见弟兄们脸上红扑扑的，睡态很是酣甜。有的兵脑门上还沁出层绒绒的热汗。赵科长十分满意，赞许地对赵大江笑笑。

检查到连队架枪处，赵科长仔细地看过。他突然用手指了一架枪支，疑异地问赵大江："这里的枪，是不是少了一支?"

连队的枪都是按班架放，每班六七支围架在一起。这架枪却只有五支，且明显地摆出了个缺口。赵大江一看，顿时脑袋里"轰"地一懵。且不说丢了枪是大事故，如果真是有人偷偷拿走了枪，恐怕就另有险恶图谋的可能啊！他当即大声喝问："这是哪个班的枪?"

赵大江的喊声虽大，在这旷野劲风之中却难显威力。但还是有人睡觉比较警醒，四班长肖书田掀开盖在脸上的大衣领，忙抬起身应道："是我们班的，连长。"

"你们班的？你过来看看，是不是少了一支?"

"噢，没少。是我们班的毛牛，非要把枪搂在被窝里睡觉不可。"

"为啥子?"

"他说枪放在外面会冻坏的。我跟他睡一个铺，就依了他。"

赵大江虚惊一场，缓和了口气责怪道："这个兵傻嘛！抱起枪睡觉，唧（咋）个会有舒服?"说着走过来，要从被窝里拿枪。

“算了吧，连长。”肖书田劝阻。“他把枪搂得死死的，怎么说他都不听。我们俩这样夹着枪睡也适应了，就别折腾了。”

赵科长也拉了赵大江道：“算了算了，枪没丢就行。嘿嘿，当兵的爱枪呀！这是好事么。”又对肖书田摆手：“别动了，你接着睡吧。”

孙福林从旁对赵科长感慨：“呵呵，我都想搂着枪睡觉。这五六式半自动步枪呀，真是让人看着就打心眼儿里喜欢。这枪的造型有股一往无前的气势，端起来像矛又像剑，别提多提气了。拼起刺刀来，尺寸长短也趁手，而且这枪的质量，绝对没得挑！我们营里的枪，这么多年就从来没发生过子弹卡壳的！要叫我说，这是有史以来世界上最好的步枪了。”

连长赵大江却由此而感觉出思想问题的苗头。那年头部队里最强调：要把战士的思想问题解决在萌芽状态。毛牛这个兵有股犟牛脾气，平日里很少说话，却倒是最听话肯干的。自从发生了那次“稻场事件”后，连里虽然没有给出个结论和处理，但战士中间的议论却少不了。大家都拿这事开毛牛的玩笑，话里话外就有说他肯定怎么着了那妇女的意思。对此毛牛一声不吭地闷着，可不说话的人心事更重。把事情闷在心里久了，就容易闷串了味儿。这几天里，毛牛好像变成了哑巴，神色一直阴沉沉的。今天晚上又一定要搂着枪睡觉，说明他的思想深处，一定有解不开的疙瘩。

巡查过营地，赵大江热情邀请两位作训部门的人到篝火边坐。孙福林叫徐小斌拿出煮鸡蛋来给他们垫垫肚子。徐小斌就去把鸡蛋放在火堆边烤上，说不烤热了吃会闹肚子。赵科长说：不要麻烦。我们也是当兵的，哪有那样娇气？就这样吃挺好。军用水壶里的水，不是煨在火边，是热的么？

来夜查的人就盘腿在篝火边坐下，不客气地剥了蛋壳，喝着水壶里的水吃起鸡蛋来。

八、“他是一个伟大的战士”

东方欲晓。“咚、咚、咚”的凿冰声敲开了清晨的寂静。

四班长肖书田被告惊醒。他起身看看，是炊事班的弟兄们早早起身，在水库中取水做早饭。昨晚凿开的冰窟窿，又冻结成了厚厚的冰板，炊事班只得再用军镐凿开它。

肖书田悄声穿好棉衣，又给毛牛掖紧了被角。他钻出帐篷伸着懒腰，深深呼吸几口清新冷冽的空气，顿觉头脑格外清醒，世界也仿佛都随之焕然一新了。

东方的山峦后面，旭日的光辉喷薄而出，直射天穹，渲染出缕缕云霞。平滑如镜的水库冰面，折射出橙色的光，耀得人睁不开眼。连队宿营地的一顶顶帐篷上，覆满了晶莹的白霜。弟兄们依然缩在被窝里酣睡，只有连部那堆不知何时燃尽的篝火，还在飘荡着丝丝缕缕如烟似汽的白氲。

肖书田信步走过去，见赵大江和徐小斌都用棉被蒙头盖脚地裹了，伏在地铺上睡着。火堆灰烬边，营长孙福林像尊雕像般地背抵岩石，盘腿端坐。他身上的大衣棉帽和眉毛胡子上，都挂上了一层白霜。细看，他下巴颏儿抵在胸前，阖着双眼也睡着了。显然营长是守了一整夜，到黎明前实在熬不住，才沉沉睡去的。

肖书田望着，心里十分感动。

肖书田近前蹲下身，摇着孙福林轻声叫道：“营长，营长，到帐篷里去睡吧。”

孙福林猛然惊醒。他揉揉眼、搓搓脸问：“呵，天亮了？”

肖书田再劝道：“营长，你去再睡会儿吧。”

孙福林深深吸口气：“不睡啦！回营部再补觉吧。”他站起身，跺着发麻的双脚。

望着沉睡的营地，孙福林记起件事情，对肖书田说：“哦，有个事通知你。营里已经安排你回家探亲，这事儿我跟你们连里讲过了。等这次考核任务完了，就回家把婚事办了吧。你那个对象人挺不错的。至于她的家庭情况，连里有同志向我反映过。你是个老同志，对提干的事情自己不要瞎想，要相信组织上会慎重考虑的。懂么？”

“营长！”肖书田心中顿生温暖，有些动情地叫道。

肖书田是吉林人，1968 年入伍。他家祖上是个诗书传家的乡绅，是个人口众多的大家族。秉承中国人“精忠报国”的传统，他爷爷年轻时立志投身实业救国，考入了奉天的东北大学机械制造专业。“九一八事变”后，爷爷毅然离开学校返回家乡，毁家纾难拉起抗日的队伍，此一去便再没有回来。据说这支队伍加入了东北抗日义勇军，血染白山黑水，战至弹尽粮绝。日满统治期间，肖书田家的族人四散飘零，各自逃难进了长白山。

待东北人民解放军胜利结束辽沈战役，准备挥师入关前，肖书田的父亲身披红花光荣参军。临行前，他给尚在妻子腹中的胎儿起了"书田"这个名字，期望能得子承袭祖上耕读立业的传统，使家族的香火在未来的太平盛世中得以中兴。三年后父亲战死在朝鲜战场上，肖书田便与母亲相依为命。

肖书田的母亲出身大户人家，是个知书识礼的闺秀。遵照丈夫的遗愿，她对肖书田自幼就施以旧式私塾教育，从《百家姓》到《千家诗》，教他诵读默写，打下根基。其后母亲含辛茹苦地将肖书田从小学一直供到县高中。高中开学只两个月，"文化大革命"的烈火"串连"到了白山黑水，同学们热火朝天地奔赴各地"大串连"免费旅游。肖书田深受封建礼教思想"毒害"，独自回到母亲身边种地尽孝。

两年后部队上来选新兵，时任七连长的孙福林看上了这个在当地已经小有名气的乡村"秀才"，喜欢他那沉稳文静的气质和执着耿直的性格。孙福林便将这个一门忠烈的后代挑选进部队，将他领回到自己的连队。

孙福林欣慰于自己眼光独到，挑选的这个文化兵果然有不凡表现。

春耕伊始，军垦农场引水漫灌大田。来水的当夜，水大破了堤，七连奉命紧急集合去抢险筑堤。到了现场，但见滔滔春水携了浮冰，将大堤决开一道十几米宽的口子。孙福林一声令下，弟兄们纷纷将沙袋石块投向水中，却被大水冲得七零八落。孙福林忙调整部署，指挥大家先打木桩。待取来木桩大锤，大家正迟疑于如何打桩。新兵肖书田率先抱起木桩，纵身跳进冰冷刺骨的水中。他稳稳地树起木桩，大声招呼："快来，用大锤砸！"在他的带动下，弟兄们也跟着纷纷跳进冰冷的水中。

其后，肖书田的诸多特长不断展现出来。他当兵后写出的第一份学习心得，令全连惊慕不已。心得的内容且不论，单只那笔字体修长、结构舒展、挥洒倜傥的钢笔字，就足以令人称奇，绝对可以称之为独步军旅的书法艺术。自此连队中的一切对外文案，皆由肖书田执笔，而他“军旅书法家”的称号，也在部队中不胫而走。以至师部所在地的市里出版社，专程来七连请了他的毛笔、钢笔“墨宝”，将他抄录的毛泽东三十六首诗词留贴，以备今后不再革文化命的适当时机出版。

因此肖书田不仅在入伍第二年担任了连队文书，而且被内定为后备干部的培养对象。

同样是当文书，与现任文书徐小斌互为映衬，就凸显出肖书田当年做事的沉稳和喜欢对事物思悟的特点。肖书田毕竟启蒙于传统文化，处事更多表现出的是平和中庸及注重情感的一面，即所谓经世济民的善良心地；而徐小斌表现突出的是精灵古怪和锋芒毕露。肖书田的这种性格特点，恰好适合在更高级的机关中充作“幕宾”。于是在他当了文书以后，孙福林便暗自为他设计了未来发展路线：先放他到班里当班长，锻炼一段；再延揽到自己手下，担任营部的书记，以便能进入团级以上政工部门的视野，求得未来更大的进步。

肖书田调到四班当班长时，手下分来两个新兵：徐小斌和毛牛。两个新兵的性格截然相反，一个木讷憨厚，一个聪明灵性。对这种具有明显性格特点的兵，别的班长都视其为不好带的“操淡兵”，肖书田却不这样认为。他对两个兵都喜爱，常会瞅着这俩儿兄弟忍不住地抿着嘴儿乐：一个的脑袋咋就长得那么大，难怪一眨眼儿就冒出个鬼主意；一个成天一声不响的，实在到吃饭都不嚼地生吞。他觉得这两个兵正是消长互补的一对“矛盾”，便安排他们结成互相帮助的“一帮一，一对红”。果然，他的预见很快得到验证：徐小斌成了为四班在全连露脸儿的“锥尖”；毛牛则心甘情愿充当着班里任劳任怨的“老黄牛”。

遗憾的是，徐小斌被连里挑走，然而在班里结下的情谊却长留在他心间。徐小斌在连里公开声称自己是四班的人，事事处处毫无顾忌地替四班说话，这让肖书田十分欣慰。

今天营长的话之所以令肖书田感动，是因为能留队提干固然是所有农村兵的心愿，但对肖书田而言，是部队中的那番兄弟情谊，更让他刻骨留恋。他自小生活在一个孤儿寡母的寂寞家庭，到了部队上，他才品尝到生活中生动的一面，也深深体会到“兄弟”一词的感人情谊。部队中人同样有勾心斗角，但当兵的毕竟是一帮心地单纯的年轻人，从“五湖四海”啸聚到一处。看着像是谁对谁都不服气，但骨子里却还是能真诚相待；所谓“争表现”也属于拉别人一把以显示自己的能耐。试想，如果在和平时期遇到艰难困苦，他们都会为你全力以赴，甚至做出荒唐事来，令人感动，一旦真到打起仗来，兄弟们共赴疆场、生死相随，将会是一番何等感天动地的情怀！

如果能留在部队里，唯一的挂念是家中的母亲。但他更知道，母亲最期望于他的，是传承“精忠报国”的家风。所以肖书田对提干早就做好两手准备，即便是不能留队提干，他也决心要在这段最后日子里，为自己为之梦萦魂牵的连队实实在在做点什么。

露营结束后，七连接到了师作训科的第三道命令：进驻部队营房，实施单兵打坦克训练，并准备接受师里的验收考核。

第二天半夜里，七连的弟兄们静悄悄开进一座乌黑沉寂、空置多年的军营。夜晚路过开平镇时，来不及埋锅造饭。连长赵大江叫胡瓔日去买来些干面包给大家充饥。此时进到营房，再叫炊事班做饭不现实，连里便下了“立即就寝”的命令。

营房里奇冷如冰窖，不到天亮弟兄们就都冻醒了。大家在棉衣外再加了大衣，犹自冷得浑身发抖；手一碰铁器，便被冻粘住手皮。开早饭时进到饭堂，炊事班说天气太冷，就给大家把菜盛在热饭上吃吧。

弟兄们这才算双手捧到热饭盆取暖。大家冻得哆哆嗦嗦地跳着脚，赶紧给肚子里装下些热物。

吃着饭，赵大江叫胡瓔日去找营房管理处领些煤和木柴来，抓紧把宿舍里的炉火生起来；又安排全连上午整理个人内务卫生，对营舍和周围的营区进行彻底清扫。饭后，他叫上徐小斌跟了，一起到营房中转转，察看一下这里的环境和设施。

这座石砌军营建于20世纪50年代，占地近千亩。几年前部队开赴军垦农场搞生产后，这里便空置起来，只留几名团后勤的战士管理看守。

赵大江带着徐小斌在营区中转过。

这座军营位于长城脚下，四面为巍峨的群山环绕，只一条横贯山区的公路与外界联系。营区大门内的一侧，是全团汇操的大操场；另一侧是团司政后机关的房舍。野战部队的机关驻地，不分办公室和宿舍。办公现场加张单人床，吃住都在一起。对于达到"二五八团"（即：年龄在二十五岁以上，军龄超过八年，担任团级及以上职务）条件可以家属随军的军官，营房外另建有军属宿舍区。营区大门内的正面，是三个步兵营的营区。营区内每个连队的宿舍有近百米长，是清一色石墙红瓦的平房。各连的营房前，都单配有连队的操场。部队的野战训练场，则设置在营区之外。

军营围墙内侧，种有松柏森森的高大树墙。营区的各条通道边，皆植了两排笔直挺立的钻天白杨树。由于长期无人居住，营区内虽不见杂物堆放，却是房上地下的到处长满了野蒿，呈现出一派荒草掩映的凄凉景象。

赵大江走到营房大门前的水泥路上站住。他望着大门自语道："哦，这个大门口，一定要站上哨兵；否则就没得点子生气喽……"

话音未落，远处传来一阵"咔嗒嗒、咔嗒嗒"急速敲击路面的脆响。

抬眼望，见营房大门口冲进一乘飞马。那马通身火炭般赤红，光泽闪闪亮如丝缎。细看之下，它四蹄踏雪，脑门前亮起朵菱形白色星班；身上蒸腾着白汽，蹄下掠起尘烟。它那急促清脆的蹄花叩碎了营区寂静，飞驰的身影从赵大江和徐小斌眼前闪电般一跃而过。马上军人的背影英武魁伟，稳稳蹲伏在马鞍上。他双手抖动着缰绳，任坐骑恣意飞奔。

赵大江和徐小斌不觉张开大口，看傻了眼到由呆至痴！

"我——操……！马中赤兔，人中蛟龙啊！"徐小斌神色迷离，口中喃喃："真他妈够派，简直帅到家了呀！"

回到连队营房。徐小斌按自己的职责，开始清理连队的武器室和荣誉室。清洁过武器室，让弟兄们把枪拿来摆放整齐，徐小斌再打开荣誉室的房门。

荣誉室里有两只尘封的大木箱。打开一只，里面是些用于展览的实物，最上面一卷用牛皮纸仔细包裹着的，正是那面象征连队荣誉的“横城阻击战肉搏英雄连”的锦旗。锦旗的红绸底布已然褪色，上面用金黄丝线绣出的大字却依然醒目。这倒更彰显出它那种穿越岁月的沧桑，给人以无可抗拒的震撼。另只木箱中装满了连队过去的文书资料。其中不仅有译制的苏军《步兵格斗条例》、《步兵作战条例》及《合成军种战斗条例》等教典，还有几本厚厚的、记载连队历史的手抄文稿。

徐小斌翻看着觉得有趣，便盘腿在冰冷的地板上坐了，津津有味地读起来。

看着，他方知道了连队参加横城阻击战的作战过程；知道了这支部队前身的老部队，也曾有着光荣的传统，立下过赫赫战功。只是在抗战胜利后，奉令轻装出关，去建立“巩固的东北根据地”，带走了那段光荣历史和番号。现在部队的前身，是由华北的军分区独立团和县大队升格、重新组建成野战部队的。平津战役后，主力野战部队南下渡江作战，这支部队便承担了在开国大典上受阅的任务，甩着正步趟开了共和国崭新的一页，由此落了个“甩大腿部队”的戏称。

他还了解到，自己所在连队也曾出过些军旅怪杰：抗美援朝时，连队一个老兵油子拎支二十响驳壳枪，腰别匕首，只身侦察潜入美军阵地，扛回个大鼻子少校，被授予终生免死的特等功。只这厮回国后居功傲物，事事逆上，终日纵酒，只得让他转业当县武装部长的闲差。部队上编写军史的人去采访他时，他竟逼着人家先满饮一茶缸白酒，验明“是个有老部队种性的人”后，才有资格跟他说话。

读着想着，徐小斌心中生出落寞怅然：看来自己当兵是进错门了。这支部队绝非解放军中的王牌，要不怎么会只配打打阻击，搞搞生产呢？这要是将来真赶上有仗打的好日子，搞不好只能捡点儿“陪太子读书”的差事哎！唉，这事儿有点儿让人泄气。

隔天，七连开始了单兵打坦克训练。

这座军营四周的地形复杂，非常适于北方部队开展山地作战训练，营房附近的山地被征作了军事区。由于军事区长年荒弃，山腰间有些地点冷僻、土层较厚的地方，已被老百姓偷偷开成了小块梯田作自留地。出了营门向南，穿过一个两山相夹的隘口，就看到了一片为山峰环抱的、阔大的野战训练场。

这训练场呈U字形。U字形的底部中央，是座海拔近千米的山峰，当地人称之为“玻璃角山”，可见其山势之陡峭尖利。山峰两侧的山体渐次向下延展，围抱出中间的一片坑洼不平的旷地。山峰脚下的高坡上，筑有几个用于训练的水泥碉堡，碉堡前掘有防御战壕。野战训练场地中，还残存有过去修筑训练工事留下的壕沟和土丘。场地一侧的山丘边，放着辆训练用的废弃坦克车。

七连此次打坦克训练任务的第一步，就是要围着它，从早到晚练把式“开打”！

兵书上说：远交近攻。对一个国家最大的军事威胁，就是邻国的虎视眈眈。

1969年春，北疆发生了中苏“珍宝岛武装冲突”。其后，前苏联当局曾打算在中华人民共和国成立二十周年之际，对中国实施“外科手术”，突袭摧毁中国的核设施。于是，防范“苏修霸权主义”的武装入侵，便成了当时人民解放军的首要任务。

欧洲人的军事思想与东方人不同，他们讲究战线式的进攻和防御。东方人则强调在运动作战中，歼灭敌人的有生力量。苏军在陆地作战中，历来强调发挥火炮的威力，到二战时更进一步看重坦克的突击作用。苏军的陆地作战模式，是以每公里战线上配置几百门火炮的密集火炮群，大群次的轰炸机以发动攻击，首先摧毁对方的军事抵抗力，再在优势空中力量的掩护下，以排山倒海的坦克集群，整条战线地向对方阵地纵深攻击。据说这样可以在数小时内，从张家口直抵北京城下。所以林彪在一次讲话中，才会惊呼其“不得了！”说对此而言“民兵不过是一堆肉”；话里话外的也有“军队也是一堆肉”之意。如何防御和迟滞集群坦克的攻击，成为当时摆在中国军队面前一道必须破解的难题。

为破解这道难题，当时北方部队曾举行过一次试验性的军事演习。演习后结论是：我们北方地区的一个民兵连，能不能保证消灭敌人一辆坦克？——当然啦！俺们豁出去了。——那好！这个问题就算解决了。于是就开始了大规模的单兵打坦克训练。

当时部队单兵打坦克的武器，主要是四零口径的火箭筒和八二口径的无后坐力炮。这两种武器的威力有限，且极易暴露目标，受到敌人的攻击。所谓“无后坐力”，就是在弹药发射器的后部无底座。弹药发射时喷出一团火光浓烟，借助火药持续喷射向目标飞进。撞击到坦克装甲时，靠弹头定向爆炸瞬间产生的高温高压，将坦克装甲钻出个小洞；凭借射入车体的残余高温和辐射，杀伤车内乘员，破坏车内设备。这两种武器发射时目标过大，发射后得赶快转移阵地；否则对方反手跟过来一炮，自己就得让人家给“报销”掉。

且不论当时的火箭弹，能否钻透外军新型坦克的装甲厚度，严格说这两种武器还属于“炮兵”范围。步兵打坦克，完全是靠人往坦克车上送炸药，坦克车的防护薄弱处有三：其一是外露的坦克履带；其二是车身后部的发动机散热窗；其三是旋转炮塔与车身的结合部。步兵打坦克是要将炸药准确挂在坦克炮塔的搭乘扶手；或是车身后部发动机的散热铁网上；或是塞进坦克履带下引爆，以迟滞坦克的进攻能力。

这事儿谈何容易！坦克车体前方装有两挺并列的机枪，是专门用于扫射步兵目标，掩护自身进攻的。而且坦克车一旦发动攻击，高速开动起来，便会是烟尘滚滚，车身剧烈抖动。这岂是人可以想怎么着了它，就能怎么着了的？这在我军武器装备日益现代化的今天看来，简直是驱使着弟兄们去恶意制造“交通肇事”的儿戏！但在当时部队现有装备的条件下，也只能进行这种“神风突击队”式的训练。

到达训练场后，连长赵大江布置了训练任务、提过要求后，再特意强调：“同志们！我们连在前两次考核中，都胜利完成了任务。最后一个科目考核，我们必须拿下来！我要求全连同志拿出无所畏惧的精神来，坚决要把坦克‘打烂’在我们阵地前！”

训练开始后，火箭筒班的弟兄们自去趴在地上，通过火箭筒上的标尺，向百米外的坦克靶标练习瞄准。步兵排的弟兄依次拉开，抱着包了黄土的“炸药包”，轮番冲向坦克车，上窜下跳地扔“炸药”。

看了会儿弟兄们训练，徐小斌就寻思：这事儿有点儿“瞎掰”！他读过《朱可夫回忆录》，知道当年诺门坎战役中，日本关东军精锐铁骑的血肉之躯，根本扛不住苏联红军钢铁战车的碾压。练这玩艺儿能管用？趁训练休息的间隙，他悄悄来找四班长肖书田探讨。

“班长，你说这么个练法，能把坦克给打了么？”徐小斌问。

“要叫你说呢？”肖书田反问。显然他也在想这事儿。

“要叫我说呀，整个一个瞎掰！”徐小斌道：“往这么一坨铁疙瘩上挂炸药，还这么费劲呢。这要是真坦克冲过来，让弟兄们往他妈哪儿挂炸药包啊？扔上去了也得颠下来不是？我看这办法绝对不行！”

“嗯，是这么个理儿啊。”肖书田沉吟着，拧眉陷入了苦思。

站在他们后面的赵大江听到谈话，他欲当即张口，狠狠训斥一顿这个扰乱军心的臭小子。但想想，又强忍作罢咽下到嘴边的话。

当天训练结束。连队回营走到大门口时，见胡璎日下了长途班车，正背着条鼓鼓囊囊的麻袋走来。赵大江停下脚问他：“这次去市里采购，买到点啥子好东西？”

“啥呀？啥都买不到！”胡璎日扔下麻袋，连声抱怨：“俺上午到了市里。腿儿都跑细了，根本见不着肉！人家说，连北京市场上的肉都是凭票供应哩。这不，好歹在家全市最大的商场里，见着了有种广东腊肠。这才算是见着了唯一的荤东西。"

"那你就买些回来嘛！"赵大江神气地道："我们连吃得起。"

"俺买啦！"胡瓔日指了麻袋说："好说歹说。人家看咱是解放军，照顾咱才卖给了三十斤这金贵东西。"

"好嘛，好嘛！"赵大江又吩咐道："我看你明天回趟农场驻地，杀口猪送来。过两天就是新年喽，连里要会餐，还要包饺子过年嘛。"

徐小斌的"怪话"在连队中不胫而走，一种焦虑的情绪在弟兄们中间蔓延开来。七连的弟兄们已是赢惯了的，给"喂"出了面对荣誉绝不拱手相让的傲气，哪里还会在最后关头"输得起"？既是觉得练下去没多大意义，弟兄们就有了消极情绪。大家都在琢磨着有什么好办法，能闯过这道考核的难关。

赵大江对此也无可奈何。事情是明摆着的，睁着眼睛说瞎话，反而会损了自己的威信。但那天营长最后嘱托式的话，在他心中留下了深深的烙印：一战成名——这不仅事关连队的光荣，而且也直接关系到连队和个人今后的前途和发展啊！为此，无论是对他自己还是对连队而言，单有"越是艰险越向前"的志向不行，必须要找出个越过这道坎儿的办法。

就这样，七连迎来了令人郁闷的1973年元旦。

任何社会里的人都是分等级的。军队里的兵以入伍时间作为资历分"等级"，"就凭老子比你早当兵一年，就欺负你个新兵蛋子了，怎么着吧？"拿新兵"开涮"，这也算是部队的"老传统"。可惜去年没进新兵，今年新年就缺了

“开涮”的对象。痛苦呀！

元旦前夜，连队提早结束训练回营。各班领了菜馅和白面，大家到饭堂里，分班自己包自己的饺子。因了刚到营房，尚未把“家”搬来，包饺子的“装备”就十分简陋，一切都只能穷凑合。没有面板，就把饭桌冲干净权充；没有和面盆，就洗脚盆代替；没有擀面棍儿，胡璎日就去买了两根铁锹把锯成十几截。炊事班则在准备明天晌午的会餐。

连队里一般比较注重过新年。因为春节的日子或早或晚，搞不好复员的老兵就赶不上了，所以新年是可以确保的最后一次全连大团圆。七连还有个“老规矩”：年底的水饺下锅前，必定要举行个保留节目。当兵的不许放鞭炮，要想搞气氛，怎么办？拿新兵找乐儿呗！所以每当此时，就会有老兵跳出来喊：“弟兄们！明天就是新年了。我代表人民代表党，向全连弟兄们宣布：从今天晚上起，给咱全连的新兵蛋子们，褪掉一层蛋壳儿喽！”

“哦——！”的起哄声中，老兵们就笑嘻嘻地走到新兵们面前，掀起棉帽，轮番恩赏给新兵每人脑门上一巴掌脆响。

徐小斌、胡璎日之流当兵头一年，自然享受过这种“惨遭羞辱”的待遇。这口鸟气憋了整整一年，却还找不着“传递和继承”的对象，可谓是旧仇未了，再添一番新愁。

他们要是心里不更加的郁闷，那才是活见鬼了。

新年过后，单兵打坦克考核开始了。

这天上午，军里坦克团派两个坦克手，开来辆 T59 型坦克车。训练经费有限，只给一上午时间，让七连的弟兄们熟悉和练习打运动坦克；下午开始进行实兵考核。

师里作训科赵科长和团里的作训参谋，一早就到训练场观看七连训练，准备进行下午的考核评定。特务连连长“娄大眼儿”正带着工兵排，在附近参加师里的“反坦克布雷”集训，也就近赶来给七连助阵。

“娄大眼儿”近来表现“有进步”，被团里官复原职，重新担任了特务连连长。

训练开始后，徐小斌就发现：在训练场边的小山丘上，一直静静地站立着一个军人，在远远观看训练的情况。这么齁冷的天气，那军人却没穿军大衣，就这么一直笔直地挺立在刺骨的寒风中。

上午的训练情况很不理想。开始时坦克车是挂一挡提供适应性训练，弟兄们好歹算挂上了几个“炸药包”。待坦克按考核要求，挂上二挡开动起来，弟兄们就很难再沾上坦克车的边了。至于跳上坦克，还真就成了印证“瞎掰”的事实；结果只能是追着坦克跑几步，对着它的背影望车兴叹。

这令弟兄们十分气馁，更加焦躁。中午回营路上，大家脚步拖沓、情绪低落。

为了提高弟兄们的士气，保证下午完成考核任务，午饭连里再使上了“大米炒肉”这一招。还在每盘“白菜烩粉条”之外，特为给加了一只咸鸭蛋。

连部的饭桌上，赵大江陪了师团作训部门的人用餐。两个坦克手便由徐小斌作陪，在旁边另开了一桌。

正吃着，胡璎日端了两盘油汪汪的鸡蛋炒腊肠送来。他先送一盘到首长们的桌上，再将另一盘送到两个坦克手面前。

胡璎日用围裙擦着手，觍出讨好的笑容对两个坦克手说："兄弟，快趁热尝尝。这东西可金贵，你们难得吃到。俺连里也就剩了这几根，全给你们炒了端来了。"

两个坦克手见了，都欣喜地连声道："这是啥玩艺？真香啊！""谢谢，谢谢！你们连的伙食可真好。"再用筷子敲着盘边让徐小斌："来，来，一起吃。"

徐小斌说："这是单给你们炒的。"站起身，把盘中的腊肠分到两个坦克手饭盆里。

胡璎日悄声问坦克手："俺连上午练得咋样？"

"不咋样呗。"坦克手道："不过你们也别担心。昨天那个连队考核时，也是一样的啥也没挂上。"

胡璎日再悄声暗示道："兄弟，下午俺连考核时，就全靠你俩多多指导，多多帮助哩！"

两个坦克手抬头看了他，再会意地互望一眼，低声回答："成。我们心里有数。"

胡璎日见赵大江过来，忙双手在那两个坦克手肩上加力地按一下，一声不响地走了。

赵大江一屁股坐在桌边，客气地对两个坦克手笑道："到了我们连里，就是到家了，不要客气哟。饭菜不好，但是，一定要吃饱。"

两个坦克手忙说："你们连的饭菜还不好？""谢谢连长，我们吃得挺好的。"

"那就好。"赵大江虚心请教地问："你们对坦克最了解喽。你们看下午考核时，我们有啥子好办法，可以完成任务？"

一个坦克手为难地："我们能有啥好办法？说实在的，连长。这坦克怎么着也是个先进武器装备吧？要是是个人儿就能把它打了，那还要它干啥？不是我们看不起你们步兵老大哥的本事。就这我们还只是挂了二挡。要是挂上三挡开起来，你们步兵躲都躲不赢啊。真的是想不出什么好办法。"

"就是。连长你就别白费心思了，步兵哪儿能打得过我们坦克兵呀？"另一个坦克手神气道："这事呀，你就放心吧，连长。不就是想要考核过关么？包在我们哥俩儿身上。嘿嘿，怎么着也不能白吃你们连的好饭菜不是？等下午考核，我们找机会悄悄给你们换了一挡。你们连的弟兄们抓紧机会上，好歹挂上两个炸药包不就结了？"

"别嘿！我们用、不、着！"徐小斌当即拒绝。这两个坦克兵也太狂了，敢这么看不起人？徐小斌哪里能服了这个软儿？想都不用想，立马就给它顶回去："一个破坦克车，有什么了不起？大不了不就是个输么；就是输，我们连也输得起！"

一个坦克手忙解释："哎，兄弟，我不是那意思。我们这不是好意帮你们么。"另一个也说："就是。兄弟你不服气归不服气。事实摆在面前，你们步兵真就是拿坦克没办法。你争这口闲气管什么用？"

徐小斌张口要反驳，赵大江摆手拦了。他对两个坦克手说："我晓得是为我们好。不过弄虚作假，终归不好。我们连前面已经赢过两次了，不要在这次上弄巧成拙嘛！"

两个坦克手反感地："哟嘿？倒成了我们弄虚作假？得，得！好心当成驴肝肺！""哼哼，随你们吧。别到时候后悔哟？"

下午，步兵反坦克实兵考核开始。

先是三个火箭筒班依次上阵，对着那辆废弃的坦克进行火箭弹实弹射击，在死坦克身上钻了几个洞；然后就是步兵打坦克考核。考核的方式，是坦克车在训练场绕行三圈，每圈一个步兵排上阵，将“炸药包”弄到坦克车身上，拉响“炸药包”上的雷管。

徐小斌午饭时斗出了气性，事先跑到一排请战“打头阵”：“待会儿，我头一个上！”

坦克车开动，伏在土包后的徐小斌携“炸药包”跃身而出，迎着“隆隆”开来的坦克冲上去。在他冲到近前，握着绑在“炸药包”上的木棍要往履带下塞时；坦克手像戏弄他似的，将车身猛地一拧闪开。徐小斌追几步望尘莫及，气得将“炸药包”摔在地上跺脚。

出师不利，一排无功而返。

坦克开出第二圈。四班长肖书田和毛牛一前一后地冲了上来。眼看就到近前，毛牛握了木棍挑着的“炸药包”，直接扑向坦克，坦克“轰”地加大油门，从毛牛身前一冲而过。

毛牛顿时“牛”性勃发，瞪起眼就要越身往坦克车上扑，被赶上来的肖书田一把拽住。待肖书田再想按原定方案，往坦克车身后面的发动机铁网上挂“炸药包”时，坦克车已经淹没在滚滚扬尘中了。

肖书田眼望烟尘，一时间竟呆呆地僵立在当地。

直到坦克车开过了第三圈的一半，整个训练场上一声雷管的炸响声也没听到。败下阵来的弟兄们都急得眼睛发“蓝”，却一点儿没辙地眼睁睁看着坦克车耀武扬威，向着终点不可阻挡地开进。

在壕沟中指挥的赵大江尚且沉得住气。他咬住牙关，紧绷嘴唇，双目死死地盯着开过来的坦克。身边的徐小斌却急得直捶壕沟边的冻土，口中连连吐出无谓的叫骂。

突然！在坦克车行进的前方道路上，猛然挺立起一个身影。

那身影向前跨出两步，双脚岔开地傲立在道路中间，绝决站定一动不动。他一手拎了"炸药包"，一手提了五六式冲锋枪。跟着，就见他身旁又站出个矮个子，紧紧地傍了他并肩而立。那矮个子双手紧握着上了刺刀的半自动步枪枪管，将枪托扛定在肩膀上，一副"你敢上来，我一枪托砸死你！"的傻玩命架势。

这突然出现的意外情况，顿时令训练场上的所有人惊呆了！坦克车当即"嘎"的一个急刹，却依然惯性冲出了十来米，所幸终于在那两个身影前不足一米处停住了。

"班长——！"徐小斌认出是肖书田和毛牛，大喊一声扑了上去。七连的弟兄们也随之高喊着，纷纷一跃而起地冲过来。

一个坦克手掀起顶盖探出身，怒不可遏地对肖书田大骂："你他妈找死啊？不想活啦？"

"没错！"肖书田视死如归。

"这是在进行考核，你他妈知道不知道？"

"知道。"肖书田一字一板："你要么从我身上压过去，要么被挡在我们阵地前！"

跑到肖书田身边的徐小斌，冲着要跳出车外的坦克手挥拳："对！有种你们压过来！"

冲上来的弟兄们随即与他们围成一排人墙，冲着坦克手乱纷纷地大声叫嚷。一时间，训练场上的争吵声、喊叫声乱成了一团。

考核被迫停了下来。干部们只得也跟过来解决处理。

师作训科的赵科长下令："七连长，你先把队伍带到一边去。"

赵大江下令："各排集合，都到一边休息待命。"

队伍走后，赵科长要其余人围拢过来："考核就此结束。大家说说看，这结果怎么算？"

徐小斌冲口而出："当然是我们赢了啦！"

赵大江喝住徐小斌："你闭嘴！"又转头，用试探的口气问："赵科长，你看呢？"

"怎么算你们赢？刚才那个大个子，根本就是在耍赖皮！"一个坦克手气呼呼地道。"我们要是不紧急刹车，他早就给碾成肉酱了。"

"不对！"人群后面传出一声断喝："他是一个伟大的战士！"

跟着，一个军人大步走到人群面前。

这军人三十多岁年纪，身高足有一米八以上。涤纶棉纺的军装穿在他身上，整洁得不见一丝折痕。他脚下一双配发给军官的半高腰黑皮鞋上，虽然浮了细细的尘土，却掩不住乌黑锃亮的光泽。他昂然挺立在众人面前，两道剑眉下，一双坦荡的星目尽现出军人特有的凛然正气。场面上的气氛，登时被他的威武震慑住了。

"哎？老贺！你什么时候来的呀？"赵科长笑逐颜开地招呼。

"哦，我一直在那边观看。"那军人应道；又严肃地对赵科长道："老赵啊，我看这次考核成绩，应当给这个连队评为优秀。”

“噢？为什么呢？”赵科长奇怪地问。

“因为步兵打坦克，凭的就是‘一不怕苦，二不怕死’的献身精神！”那军人侃侃而论道：“其实何止是打坦克。咱们部队从建军以来，啥时候有过武器装备强过对手的？所有的胜利，不都是靠死打硬拼，流血牺牲拿命换来的？要我说，就算是将来咱们的武器再先进，最后占领阵地取得胜利，还不是要靠人么？当兵的，就是要有‘压倒一切敌人，而不被敌人所压倒’的英雄气概！一支部队只有保持住这种精神，打起仗来才能无往而不胜。”

“不是我帮他们说话。”那军人又转向两个坦克手笑了问：“你们想想，刚才发生了什么？一个士兵挺身而出，抱着炸药包要跟你们同归于尽；跟着后面站起一排生死兄弟！他一个人，你们是可以碾成肉酱；但面对着的，是一道用血肉筑成的人墙呢？”

坦克手的心里打了个哆嗦；低声道：“那是；脚都软了，哪儿还踩得下去油门啊。”

“说得好！”娄连长大声道：“我看对七连这种敢打敢拼作风，就是要给予肯定表彰！”

“我也同意贺副参谋长的意见。”团里的作训参谋道：“不是我为自己单位争。既然要选个给全师示范的训练先行，那这个连队首先就必须要有事事争第一的士气。”

徐小斌感激地对娄连长笑，讨好兼打趣：“娄连长，我们不是‘土匪连队’了吧？”

“你他妈臭小子，我憋着要揍你的事儿还没了呢！”娄连长嗔目瞪他，又自感叹：“呵呵，能干的连队带出来的兵，可不都会有点儿野么！”

大家议了，赵科长作了结论：“好吧。既然大家都是这个意见，我就把它带回去向师里汇报。”

赵大江回到队前，向全连同志宣布了这个结论。

七连的弟兄们“嗷”的发出一片欢呼！大家欢腾跳跃，尽情发泄压抑后的兴奋和激动。

在返回营房的途中，七连的队列里再现了整齐的军容。弟兄们满怀胜利的喜悦和自豪，甩开大步放开喉咙，一路唱响起赞美自我的战歌：

“顶着艰险冲，迎着炮火上。

一不怕苦、二不怕死，

英勇又顽强！

毛主席的战士所向无敌，

百战百胜举世无双。

小米加步枪，消灭了蒋匪帮；

一把炒面一把雪，打败了美国狼。

我们打仗靠什么？

靠的是战无不胜的毛泽东思想。

我们打仗靠什么？

靠毛泽东思想！”

九、毛牛备下子弹了

两天后，营里的通知下到了七连："经考核选拔，决定你连担任今年全师军事训练先行示范任务"。营里又附带通知，要求七连在半个月内完成今年老兵复员工作；而后立即按照师里下达的科目，转入军事训练。

与此同时，团里任命肖书田为三营书记的通知也一并到了连里。营里还通知肖书田在探亲归队后，直接到营部报到履任。

肖书田满心喜悦，换上崭新鲜亮的军装，踏上了探亲结婚的归程。

离开连队营房时，他禁不住回首凝望，心中生出淡淡的惆怅：此一去，就彻底离开了他赖以成长的连队和朝夕相处的弟兄们。虽说还是在一支部队中，可总归……唉！

七连的弟兄们为接到上级的通知，着实高兴忙乱了两天。

连队的任务是撤回营房作训，这就要把连队的家当从农场全部搬回营房。连里即刻命令：各班抽一名战士出公差，随胡璎日返回军垦农场，收拾起全部家当准备装运。

"破家值万贯"。七连这次搬家露出的家底，着实令其他连队羡慕不已。师里汽车连派来的两部解放卡车，整整跑了两个来回，才把价值“万贯”的家当运回了营房。搬完家的当天晚上，弟兄们还美美地吃了顿香喷喷的“红烧狗肉”。

军营中不允许养狗。七连养了几年的两条爱犬，便只能作了寒冬里滋补的腹中物，为连队建设奉献出它们的最后一滴血。

徐小斌却是一口狗肉未吃。他的心中在为“黑子”暗暗淌血：唉，世界上的事情，真真的叫个不公平！有名分的和没名分的，身前身后的待遇差别直至天壤。

部队的军马有军籍和档案，被称为“军人最亲密的战友”。它们不但生前顿顿有精料供着，有专人日夜伺候；但凡有点儿成绩，还能给记上笔“军功”。死后也规定不许人吃它，必须深埋厚葬；还要派战士夜里“守墓”，以防老百姓来偷尸回去“饕餮”。而可怜的“黑子”呢？生前吃的是残羹剩饭，做的却是为营地值更守夜的苦差事。如此忠诚的“义犬”，不但说毙就给毙了，死后还得被人家寝皮啖肉。

徐小斌的一腔凄伤，全部转移作了对郎副团长的怀恨！

胡璎日回到连队，难过地告诉徐小斌，回农场搬家时，郎副团长来驻地“打秋风”。那老家伙首选，就是拉来连里“一黑一黄”两条爱犬。他掏出手枪“嘿嘿”地奸笑着，就是“铛、铛”两响。“黑子”通人性啊，被拉来时在无声地流泪哩！那老家伙叫弟兄们当即剥皮砍开，说他要两胯连骨的后腿，再加上两张狗皮一起捎着走！

通讯员小杨听着，恨恨咬牙：“哼！这条‘老狼’。”

徐小斌却什么也没说。他冷冷眯起眼，凝望向远方。

徐小斌在这两天里也没闲着。那位被称作“贺副参谋长”的军官，在七连接到通知的当天，就悄无声息地“私访”到了连里。

贺副参谋长正是那天早上纵马的“人中蛟龙”。他叫贺鹏举，是团里的副参谋长。他的来历有点儿神秘，各连的人大都没见过他。此次他是接受了师里的任务，给训练先行连制定作训计划先期来了营房。住在营房里的人只知道，这位副参谋长喜欢穿黑皮鞋和酷爱骑马。他每天清晨起身，去马厩牵了那匹“马中赤兔”，在山间公路上飞奔四十里做为晨练。这倒是代后勤留守的饲养员，完成每天必做的遛马工作。

要不徐小斌会愤愤于待遇不公平？那“赤兔马”是团后勤养在营房里的种马，据说那马有英国纯种赛马的血统。它昂首站立时身高近两米，养得膘肥体壮。每天喂的都是燕麦、玉米等精饲料，外带拌上若干生鸡蛋。而它的工作，却只是早晨让饲养员骑着跑几十里，以保持充沛旺盛的精力。“黑子”要是跟它比，简直就是：吃的是草，挤出来的全是奶！

贺副参谋长来连队的那天，连部屋里只徐小斌一人在。贺副参谋长见徐小斌正埋头沉迷于《合成军种作战条例》，便对他有格外的注意和赏识。他指着桌上徐小斌翻出的几本步兵教程，说有不明白的地方可以问他；还邀请徐小斌在没事儿时候去他宿舍玩。

随意聊着天，贺副参谋长说起连队内部的环境应该重新布置一下。“你们连会议室的墙上，一边是‘阶级斗争，一抓就灵’；一边是‘要斗私批修’。一点儿没体现出军队的作风，也没有指导意义嘛。”

徐小斌问：“那你看应该写点什么好?”

“我建议一边写‘十大军事原则’，一边写‘三大纪律、八项注意’，怎么样?”

“当然好啊!”徐小斌赞同道。“可是，我们连的四班长走了。他是我们连的书法家。他一走，连里就没人能写了。”

“是啊? 那我给你们写吧。”贺副参谋长爽快地应下：“当参谋的绘制行军作战图，首先就要练出一手漂亮的仿宋么。”

“那太感谢你了!”徐小斌忙殷勤地问：“贺副参谋长，你看我能帮着做点什么?”

“你呀。你去买几张厚白纸来；然后帮我按照每幅字的字数，仔细地用铅笔打上格子。再送到我宿舍去。”贺副参谋长兴起地搓手：“我抽出两天时间，好好给你们连写两幅字!”

两天的兴奋忙乱一过，就开始进行老兵复员的思想动员，连队的形势骤变。

经历了两个多月紧张施工、生产和训练的弟兄们，困守在这座几乎与外界隔绝的军营中。此时无论在生活节奏，还是在精神上，一下子就放松得秃噜了。大家心无所依地闲得难受，就不免会沉下心来，要琢磨琢磨自己的事情了。

这年老兵复员工作来得早，复员量大。去年这项工作暂停了一年，部队里人员“新陈代谢”的任务就摞到了今年，矛盾也都积压到了今年。往年连队复员战士的数量，一般占编制的20%左右；今年则高达1/3，而且还大都是连队中的老兵和骨干。那些被林彪集团自认为是“基本力量”的部队，人员更新的量更大。这就必然要给部队思想的稳定，带来不小的影响。

今年这项工作的一个新的、突出的难点，在于出现了复员战士的利益分配问题。

无论社会上还是部队里的人，都存在着两个层面的根本问题：一者为个人的物质利益；一者为精神上的价值取向。而精神取向对物质利益，是具有导向和统帅作用的。咱这么玩命地猛干，到底图的是个啥呀？此前部队的政治思想工作制度，在这个问题上自成体系和套路。这个体系和套路的核心，就是开展争创“四好连队”和争当“五好战士”运动。

客观地说，“四好”、“五好”在根本上并不错。它是在鼓励弟兄们都要当好人、做好事么。在部队里经过士兵民主评议，被选为“五好”的，那您就是好人！好人当然要优先发展入团、入党、当班长，复员也应当优先安排工作啦。没评上“五好”，那你怨谁？人家弟兄们都不赞成你的表现嘛。所以这个运动，就成为解决士兵价值取向和利益分配公平的基础，由此使得部队的思想和各项工作得以稳定和顺利推进。

林彪倒台后，不仅“四好”、“五好”运动被取消，而且以往的部队思想工作体系和套路也受到了批判。可当兵的在部队里干了几年，该给的政治待遇和物质利益，还是得给不是？没了公众评议这一环节，那谁算好人，应当优先受到奖励啊？还不是连长、指导员说谁好就是谁好么。没入团、入党，肯定是连长和指导员给使了坏！再加上复员回家去，地方上也不再给安排工作了，那就得在离开部队前，跟连里说道说道了。总不能在部队上白干几年，没捞着一点儿好处吧？

当时当了三四年的兵回家，部队上给的复员费只有几十块钱。于是弟兄们便将目光转向了争取能申领到复员伤病补助费。尽管一般伤病所给的补助费，也只能给个二三十块钱，但多争取到一点儿是一点儿呗！再有就是，如今“五好战士”的喜报是没有了，但是可以叫部队给个连嘉奖、营嘉奖的奖励装在档案里。要不回去跟家里人怎么交代，找工作也没个“表现好”的说法不是？

更为可怕的是，林彪事件暴露出了当时社会政治中的深层次矛盾。它也给这一年的老兵复员工作，埋下了爆发尖锐冲突的隐患。

就整个社会看，同样存在着两个基本问题：一者为社会公众的物质利益和需求；一者为社会发展的共同方向。在中国当代社会的每一发展时期，党和国家都要向全社会提出一个指明方向的政治口号。一旦提出了这个口号，就是树立起了一面引领社会潮流的旗帜！它必然是在考虑社会全体成员共同利益的基础上，指明今后一段时期社会发展的方向，引领全民族去为之共同奋斗。

那时的政治口号是“阶级斗争，一抓就灵”，它的初衷是想防止革命成果出现蜕化变质。其失误之处在于只是想守成，不思进取发展。万事如果只想守成，绝对是守不住的。

林彪事件的爆发，还打破了在公众的心目中所一直被迷信崇拜的两个光环。一是让人们感到，这以阶级斗争为纲，闹了半天就为了争权夺利啊！要论玩儿这套，那谁不会？二是看到了领导者中的坏榜样，一旦得不着好处急了眼，人家林彪还要对毛主席下毒手呢！那等我要捞好处的时候，看谁敢拦着我？招翻了，老子照样也干掉他！

这一切的社会性矛盾，必然会反映到连队复员工作中。于是在七连的内部，就表现出了整体性的工作懒散和精神涣散。各种各样的矛盾和冲突，也开始逐渐显现出来。

连队进行过老兵复员工作的思想动员。各班的班长们，大都知道自己即将离开部队，就不再履行带兵和管兵的职责。他们早晨出操时，都端出一副吊儿郎当的“大爷”劲头。不是这个的腿得了关节炎迈不动步儿，就是那个有了胃病“痛”得实在受不了。总之是找个理由，就起不来床了。部队里毛主席语录“天天读”是取消了，但军事技术“天天练”还有。可他们到训练时上了操场，不是投个手榴弹就闪了小腰儿，就是做个“突刺”动作就扭了腿筋。吃饭时一进了饭堂，就更热闹了。有碴儿没碴儿的，顿顿饭都有人找碴儿摔饭盆儿甩咧子。见了排长、连长的，更是嘴里不干不净地横愣着眼儿，把多少年前的小恩怨全翻出来了。班长和骨干全成这样了，那下边弟兄们的状况还能好得了？

这可苦了连里的几个军官。四川人划拳时喊：“俩好啊，好得不得了啊！”连长赵大江此时见了谁的那张笑脸儿，都像是在一丝不苟地演示着这个亲密境界。七连的军官见了老兵，耳朵全变成了半聋。说给他们听的难听话，愣是一点儿听不见！他们心里明镜儿似的：这日子口儿上，千万别惹这帮“爷”！骂两句就骂两句吧。

最让赵大江紧张、甚至恐惧的，是团里机要通讯员来过两次，两次都是专程送“机密”级“内部情况紧急通报”，单给远离全团的七连长看。看过签字，就立即带着文件返回。

据“通报”讲：近期部队复员工作中，连续发生多起动用武器伤人的政治事件。严重的有：海军“先锋艇”的战士，因对艇长不满，开枪打死打伤艇上官兵，抢了鱼雷艇往公海开；华北一个空军雷达站，一个老兵为支部大会没有同意他入党，开枪打死全站三十多官兵；陆军中有批复员兵在离开部队上火车时，集体哄抢并砸了车站，在地方上造成极为恶劣影响。要求各部队对此类事件，必须采取严厉措施，严加防范不得有误。

接到“紧急通报”后，赵大江更加不敢有丝毫懈怠。他一面坚持让“好得不得了”的笑容，时刻在脸上坚守岗位；一方面一再叮嘱徐小斌，必须严格加强对武器室的管理，绝不能让一枪一弹流失出去。再就要求各排的排长，要随时向连里汇报战士的思想动向，发现事故苗头马上报告，采取措施。他自己则悄悄从武器室中取回手枪，压上八发子弹上膛；再用只小枪套装了，白天挎在棉衣内的腰带上，晚上掖到枕头底下，日夜提防发生不测。

赵大江想过，在这种特殊时期，靠耍嘴皮子做思想工作没用。当务之急是要把复员战士的名单和分配给他们的伤病补助、嘉奖奖励的方案尽快定下来。这样既能化解掉一部分矛盾，也能在下一步做工作时有针对性。他叫来文书徐小斌，要他尽快把全连战士的家庭条件和在连队的表现搞个统计材料，以便在确定复员方案时能尽量公平周到。他自己的脑子里，也是一刻不停地在为摆平这些问题而绞尽脑汁。

弟兄们自然看出了连里的动向。于是大家就开始当起了“瞎参谋、滥干事”，纷纷私下里议论猜测连里可能会留下谁，谁今年肯定是要复员的，谁应当争取拿到多少补助费，等等。连队更加人心惶惶。

这天是星期天，徐小斌正在连部屋里写材料。

赵大江急冲冲进来，冲徐小斌喝问：“文书，你怎么搞的？我一再叫你要加强对武器弹药的管理，怎么连里还是有人私藏了子弹？”

“不会啊！谁呀？”徐小斌丈二和尚摸不着头脑。

“怎么不会？排里有人同我汇报，说四班的毛牛已经备下子弹了。还有人看到过他拿出来在仔细地擦，擦得亮晶晶的。”

“毛牛？”徐小斌一听，放心道：“他不会。他怎么可能去偷子弹呢？再说了，他那么老实的人，绝不会出什么事的。”

“你不要不当回事情！这种时候，什么情况都可能发生。”赵大江瞪眼：“排里反映，他这一段时间就一直心事重重，同哪个都不讲话。连里有议论，那次稻场事件他一直在‘背黑锅’，这次复员名单肯定有他。部队对这种讲不清的事情，往往是把战士复员处理掉了事。所以他思想包袱很重！不要看他闷起不响，这种人，一旦想不开，啥子事情都做得出！”

“啊？这样的呀！”徐小斌听着受到触动。

“我同你讲，文书。”赵大江严肃道：“你同毛牛过去在一个班，你们俩的关系大家都晓得。这个事情就交给你处理，如果处理不好出了问题，是个啥子后果，你自己想！”

丢下这句话，赵大江就甩手急匆匆走了。

连长甩出这么重的话，徐小斌急了！他一拍桌子：“好你个蛮牛，看我怎么收拾你！”

毛牛是1971年入伍的兵。他出生在湖南湘西的大山中，一个叫毛家坳的小山冲。

毛牛是个苦孩子。他六岁时赶上“大跃进”后的自然灾害，父母双双都饿死了。多亏山里人心肠好厚道，他靠着吃“百家饭”才活下来。由此养成珍惜食物的习惯，吃什么都从来不嚼，一小口一小口囫囵着往下吞。要不徐小斌老骂他：“你记着嚼！噎死你。”他却不改，说这样有营养，能扛饿。到十来岁上，生产队让他放牛。他一人赶了十来条水牛，漫山遍野到处游荡，这使他养成孤僻而沉默寡言的性格。到了十六七岁，由于吃了几年饱饭，他虽然不长个儿，却长出一身蛮力，村里人都叫他“蛮牛”。生产队看他有蛮劲，又是一个人，就派他白天在河边榨油坊里打油锤，夜里就住在油坊守夜。

前年赵大江挑选新兵到过毛家坳。毛牛看着那身草绿色的军装鲜亮眼热，就一路跟上了赵大江。此后几天里，赵大江到哪儿他跟哪儿，却一声不吭。赵大江生奇，了解过他的身世，觉得这孩子可怜，不顾他个子矮和没文化、条件不理想，一意坚持要带走他。在填写新兵名册时，没人知道毛牛叫什么名字。因为村里人喊他“蛮牛”，他又生在毛家坳，赵大江就做主给填上了“毛牛”的名字，再发给他一身新军装，带他走出了大山。

到了新兵连后，毛牛连着出了两次“洋相”。

毛牛自小就是一个人野惯了的，根本没有集体行动的概念。到新兵连的第二天早上，新兵班长出操回来，发现毛牛还在被窝里躺着，气得拖他起来要开生活会。毛牛一言不发，就是躺在床上“顽固抵抗”。新兵班长气得骂：“不守部队纪律，你给我滚回你那个穷山沟去！”毛牛一听起了蛮性，撩开被子跳下床，光着屁股就往外面跑。新兵班长这才知道：原来他还是当老百姓时的习惯，为省衣裳光着身子睡觉。新兵班长把这事汇报到连里，还到处当众挖苦：这位新同志真够可以，睡觉还睁着只“大眼睛”！

那天新兵班在屋里开会学习。突然有人看到窗外有马车经过，奇怪地喊了声什么。湘西籍的新兵就都跑去，趴在窗户上往外看。山里人没见过马拉大车，都觉得新鲜好奇。新兵班长招呼大家坐回来，唯独毛牛一个人跑出去追着看，怎么喊也喊不回来。山里人打惯了赤脚，觉着穿着棉鞋不舒服。何况毛牛对部队发的新鞋又十分爱惜，他就脱了棉鞋提着，一路光着脚跟了马车，走出了十几里才算看够。

有这两次众所周知的“丑闻”，毛牛在新兵连备受歧视讥讽，人人都看不起他。这让他变得更加沉闷，将对部队的感激之情转作抵触情绪，事事跟新兵班长别着劲，恨得新兵班长要把他退回地方去。多亏担任新兵连长的赵大江给拦下，把他分配到了自己的连队。

到了七连后，赵大江特意把毛牛分到四班。叫班长肖书田对他重点帮助，把这个兵带出来。肖书田找毛牛谈过几次心，发现根本没办法交流思想。认真琢磨过，肖书田记起了“相克相生”的哲理，就让徐小斌跟毛牛结成“一对红”互帮互助，想用徐小斌这个“矛”，来激活毛牛这个“盾”。还特别嘱咐徐小斌：“没有文化的军队是愚蠢的军队”。毛牛是个文盲，要提高他的觉悟，必须先教他学文化认字。

徐小斌的灵俐处，就在于什么邪招儿都有。他一出手，果然把个毛牛给治住了。

毛牛虽然表面木讷，心里却并不笨。他懂得人分上下级的道理。班长找他谈话，他什么都不说；同年的新兵来管他，他可就不客气了。他对徐小斌倒是开口说话了，却把湘西人像唱山歌样的一串串骂人话，对徐小斌使将出来。徐小斌听着直犯糊涂，根本听不懂他说的是什么。毛牛终于开心了，笑得“嘿嘿嘿”的！

不想没过两天，徐小斌拉毛牛到屋外，开口也来了一串串的：“你仔妈咯屁眼痒、你仔爹就莫得空……”依样复制了他湘西家乡的骂人歌谣，不重样地唱了十来分钟。毛牛生生让他给骂傻了！想插话都插不上。气得毛牛只得来第二招：比摔跤！

毛牛不但有一身的蛮力，还有一手能制服水牛打架的绝招。这两条水牛要是顶起架来红了眼，那可是顶死架，不把另一只顶到山崖下摔死，没人能、也没人敢去把它们拉开。可毛牛不但能把它们拉开，还能双手抓住牛的两只角，把一条水牛给摁在地上。

不想蛮力这次也不管用，徐小斌会使巧劲儿。

毛牛低头，冲着徐小斌的肚子一头撞过去。徐小斌闪身，再就手一带，就把毛牛摔到地上，还顺手从屁股后面，一把掏死了毛牛的下裆：你小子服气不服气？那、那还能有个不服？气都喘不上来了！于是毛牛就再比第三招：下象棋。

别看毛牛是文盲，他除了认识“毛主席、共产党万岁”外，还认得“车马炮、兵士象”，特喜欢下象棋。一到星期天，他就挎着装了棋的挎包，挨着屋求人跟他下象棋。然而人家徐小斌到底是城里的文化人，象棋下得也不错。最后这一招儿，毛牛也没赢。

毛牛算是彻底服了徐小斌。甭管怎么说吧，人家徐小斌不玩假正经的盛气凌人，是用毛牛的方式平等竞技，输也让人输得服气。自那以后，毛牛就特崇拜徐小斌，事事听他的。徐小斌发现毛牛并不笨。在象棋上赢过他几次后，就很少能再赢他。徐小斌就每周教他认一段毛主席语录，直到帮他达到了初小的识字程度。毛牛在干活时，也主动为徐小斌提供帮助，有啥力气活儿，毛牛总是抢在徐小斌前面。身世截然不同的俩人儿，相处得水乳交融、情同手足，很快在班长眼睛里变成了一对“红人”。

近一段连里的事情多，徐小斌没顾上毛牛，不想这小子就出了麻烦。

徐小斌去排里，叫上毛牛：“跟我出来一趟！”毛牛就背上装了象棋的挎包跟出来。

徐小斌把毛牛带到团部大操场边上，按捺不住发火道：“蛮牛！你他妈出什么洋相？听说还暗暗备了子弹，你想干嘛你？”

毛牛被这不问青红皂白的喝骂吓得一怔，睁大眼睛无辜地望着他。

徐小斌起急：“你装什么装？人家都看见了！你他妈要是偷子弹搞出事儿来，不是给我找麻烦吗你？”

毛牛似乎明白了什么。他负气地梗起脖子，一扭脸儿不再看他。

徐小斌急上加气：“你别不吭声，犯什么牛脖子？快给我交出来，要不我抽你丫的！”

毛牛真犯了牛劲，就是不理他。

“你他妈听不听?”徐小斌气急之下，就“啪”地抽了他一个嘴巴。

毛牛被打得一惊。他抬起眼来，目光中反倒温和了。他定定望着徐小斌：“再打。”

“打就打!”徐小斌真就再给他脸上一下，打过也有点儿傻眼，自己先难过地低下头。

毛牛心里反倒像是舒服了，却又委屈地撇弯了嘴角。他从胸前口袋里，掏出个有白锡纸的烟盒，塞给徐小斌：“你自己看。”就忍不住“呜”地哭出了声，蹲到地上捂住脸。

徐小斌打开一看，里面装了三颗擦拭得金灿灿的子弹，是专门练习装子弹用的教练弹！他一时怔住了，不知该说什么好。

毛牛哭着道：“都讲连里要处理我……我留起带回家，想连队了就看看……我、我回去又没得亲人……谁再会来管我？我舍不得你们，舍不得连队……我、我不想走啊!”就放声大哭起来。

“谁说要你走啦?”徐小斌说着，拉起毛牛。看着毛牛满是泪水的脸，他也哭了。“你怕什么？不是还有、还有我在么。”

“班长走了，你也不理我。”毛牛抽泣道。

“谁不理你啦?”徐小斌抹着眼泪道：“班长走前说了，让我好好关心你、照顾你。蛮牛，你要是敢不听话，我打死你!”说着，他一边吸溜着鼻子，一边赶紧掏出烟来，好给两个人调控情绪。

毛牛“嗯、嗯”地应了。他抹抹眼泪，就着徐小斌划着的火柴，吸燃香烟。

“呀呀呀！你们这两个小可怜儿，怎么都哭成这样儿啦？”贺副参谋长边笑他们，边大步走到他们面前。

赵大江做完了确定复员名单等一应事情。他开始思谋起该用个啥子招数，来调整下子老兵们的思想情绪了。

这还真是个难题。思想这东西，是靠情感为基础的，玩感情是赵大江的弱项。他来连队不到两年，跟这帮老兵的交情不深。思来想去，玩拿感情套磁这招儿不行，就只有靠拿东西来油油嘴喽。

人嘛，总归是吃了好东西就嘴软。老兵们辛辛苦苦地干了一年，给连里创造了那么多财富，带不走东西，吃点儿到嘴里总是应该的。这样一来能缓和一下紧张的关系；二来也可以先在小范围内让老兵们把心中的情绪释放出来点儿。于是，赵大江便以优待老兵为名，让胡璎日备下几桌菜，说连里要在晚上开个老兵“座谈会”。

北方冬天的蔬菜只有白菜和萝卜。这桌菜胡璎日只能做出：蒸咸鱼、蒸咸鸭、蒸咸鸭蛋，炸豆腐、炸黄豆、炒鸡蛋，红烧排骨、红烧猪肉、外加一只清炖鸡。但就四碟四碗的，已属丰盛得不得了！遗憾的是这些菜都太咸，胡璎日就给沏下了一保温桶的热茶就菜。

到了晚上九点钟，受到邀请的1968、1969年入伍的老兵三三两两地聚到了饭堂。大家望着一桌丰盛的肉菜，好像并没有预想的那样兴奋，都只沉默地坐了不说话。

赵大江起身，开始发动感情攻势。他先自舌头根一顶喉头，哽咽出满眶泪水，话里带出感情：“都是连里的老同志了。开这个座谈会，我这个当连长的心里，硬是不好受……”

看看下面，弟兄们铁石心肠不为所动。赵大江只得收了套，调转音调儿，作不好意思状道：“看我这是咋个了嘛，简直是。来、来！大家都不要客气，赶紧自己动手吃起来。”

座谈会的效果，令赵大江心里更加焦灼不安。眼看就要到宣布复员名单的最关键时刻，必须要想出办法确保万无一失。

总结教训，赵大江觉得这种方式不错，只是力度好像有点不够，总要调动得大家情绪有点子冲动才好。当时部队的“潜规则”是禁止喝酒的，共产党所创建的是一支新型军队，要求它是支执行革命政治任务的武装力量。军队里可以公然喝酒，就意味着军纪败坏的开始！赵大江当然懂得这个“潜规则”，但潜规则么，就是没有明令禁止。所以，他决定作为特殊情况破一次例，再开老兵“座谈会”时给大家上点子酒喝。这样即便是有人借酒装疯闹一下，也是在一个小范围好控制，总好过在全连的场合上大闹。

于是，赵大江要胡瓔日在宣布复员名单的前一天晚上，再办招待宴般地准备一席这样的座谈会，而且这次在每个桌上，都给上一瓶白酒。

这天早起天气就很阴沉，午饭前开始下起了大雪。待到傍晚雪停了，跟着就呼啸起凌厉的北风。军营内的万物被大雪厚厚地覆盖了，雪面上被冻出了一层硬壳。到了夜晚，整座军营里死一般地寂静，只有七连营房的那排窗户中亮着幽幽的灯光。

突然，军营里隐隐传来“咔吱、咔吱”的踏雪声。一个黑影踽踽走来，他走近七连营房停住，犹豫一下，大步走到连队的饭堂前，“咣咣”地敲门。

开门的是胡璎日。他借着灯光，认出这个棉帽、衣领和眼眉上都挂了冰花，嘴唇冻得乌紫的人，正是营长孙福林。

胡璎日忙一手接过孙福林的提包，一手拉他进门，惊讶地问：“营长！你咋来啦？”

胡璎日的喊声，惊动了饭堂里闷坐着的老兵们，大家不约而同地回头。首先感到惊异的是孙福林的帽子和衣领上，已经不见了红色领章和五星帽徽。没了领章帽徽点睛，任何身着绿军装的人都像被拔去双目的老虎，失了鲜活亮眼的声色，变作了呆头呆脑的“土八路”，要多难看有多难看！弟兄们见了，心中立起“兔死狐悲”、同命相怜的伤感。大家纷纷起身，嘶声叫着：“营长！”“老连长！”一起围拢过来。

孙福林冻得说不出话来，只顾一个劲地搓着冻僵的双手，跺着麻木的双脚。

胡璎日赶紧倒来一饭盆热茶。他边递给孙福林捂手，边问：“营长，今天的大雪可邪乎，长途车都停了。你是咋来的呀？”

孙福林喝两口热茶，缓过来口热气，才结结巴巴道：“啊，我是坐火车、车，到了山脚下的煤、煤矿。再走着过、过来的。”

胡璎日惊呼：“啊?！这冻死人的熊天儿，大雪封山，四十里的山路啊！”

“营长！”“老连长！”围着的弟兄们都感动地喊。

孙福林这才把话能说利落点儿：“这不是，团里定了，让我转业。叫我先回家去，联系一下工作。我想着，走之前，先来看看你们。这不，就绕道儿来了。”

忙乱过了一阵儿，大家再次回原位坐定，都眼巴巴地望了坐在首席的孙福林。

赵大江先小声介绍正在开老兵座谈会，又说：“营长，你来得刚好，给大家讲几句吧。”

孙福林一看场面，心里就明白了个大概。他已经暖和过来了，站起身来，向下面坐着的弟兄们，先仔细地挨着个扫视过一遍。

“好，我就说两句。”孙福林开口道：“你们都看到了，我也是要走的人了，以后再想跟同志们见个面，看来是难喽！”

“你们都是我带过的兵。”孙福林抬手一划拉：“要是不到部队上来，咱们大家伙五湖四海的，能走到一块堆儿？这就得叫个缘分！过去，我没少熊过你们，也没少骂过人。到了这时候，咱们就都不提了。

“咱当兵的都知道：铁打的营盘，流水的兵。谁都早晚有离开部队的这一天，是不是？可咱回头想想，当初走出家门来当兵，到底为的是啥？不就为的‘保家卫国’四个字么？要照这么说，部队上没啥对不起咱们的事儿。你们说，我说得对不对？”

下面的人纷纷点头。

“对就好。那咱就啥都别再说了，其他的事情，再闹腾也是假的。”

“那啥是真的呢？要叫我说，咱们这伙子马上要走的人们，真正打心眼里最盼的，不就是个咱部队上的‘好’么？”

此话一出，正砸在老兵心坎上——这些天甩咧子也好、耍脾气也罢，说到根儿上，不都因为舍不得离开部队吗？大家的热泪抑制不住夺眶而出，更有人“呜呜”哭出声儿来。

“好了，好了。咱当兵的，不兴动不动就哭。”孙福林强自压抑着自己的激动。他待大家情绪平静下来，端起盛酒的饭盆：“我最后说句话，咱们兄弟一起共勉。今后不论到了啥时候、到了啥地方，咱们都要敢拍着胸脯子说：我是个当过兵的人！”

弟兄们听了，当即爆发出热烈的掌声。

孙福林举起饭盆道：“来，就着这句话，咱兄弟们一起，干了这碗酒！”

老兵们起身，高举起饭盆，合着泪水吞下了这碗酒。

第二天上午，孙福林提了提包，走出七连的营房。

孙福林发现七连的弟兄们没去会议室开会，全连列队肃立在营房外的甬道边，正等着最后送别他离开部队。

孙福林的心底顿时腾起一股不可遏制的冲动。

他无言地走到队尾，挨个向每个战士敬礼，再紧紧握手。

孙福林走到了队列的最前头。他见连长赵大江的双手正捧了那面绣着“横城阻击战肉搏英雄连”、象征着连队光荣传统的锦旗在胸前。

赵大江目光炯炯，意志坚定地望着孙福林。

孙福林再也控制不住自己的感情，热泪夺眶而出。

他流着热泪，向着那面象征着连队荣誉的红旗，向着他生活了多年的部队，庄严地举起右手，行了最后一个军礼！

十、副参谋长是步校的教官

复员的老兵们走了。

贺副参谋长来了，他把自己的背包搬到了连部。

七连的作训任务，是在春节前的一个月时间内，完成夜间射击、山地射击、抵近射击三项练习和连进攻战术的训练，并在春节后给全师连以上干部做演习观摩汇报。这个作训方案的制定者，正是贺鹏举副参谋长。师里照准了这个训练方案，并将方案的组织实施任务交由贺鹏举负责。

孙福林曾向赵大江介绍过：贺鹏举是建国后从现役军人中，万里挑一选拔的，年轻有文化、身体素质好的第一批步校学员。他在20世纪50年代曾代表全军赴东欧，参加社会主义国家军事技术比赛；后来一直在石家庄步兵学院任教官，官至步校步兵大队的大队长。“文化大革命”开始后，石家庄步校解散，他被遣散到七九一团，给了个团副参谋长的虚职赋闲。这次他出来工作，是师长亲自点的将，说这叫“举逸民”，请他重出江湖参与部队正规化建设。人家贺副参谋长可是步兵技、战术方面的专家！机会难得，要好好跟着人家学哟！

赵大江当时口里应着，心里却是不服：呵？一个学生兵出身，不过是嘴皮子上有点子理论。他晓得啥子？动起真刀真枪来再看嘛。

见贺副参谋长从训练一开始就将铺盖搬到了连里，赵大江心里有些赞许：看来他真的是个实干的人哦，做事情能一头扎进“第一线”。赵大江自然懂得，住到连里搞训练，就意味着要天天跟兵们摸爬滚打在一起，硬是件要吃得下苦的事情。尽管这样做，将意味着赵大江这个连长的职权要被剥夺去一大半，事事都要听命于贺副参谋长。但这个方案中的作训科目，赵大江从来没有搞过；又是师里下达的任务，还要给全师作汇报表演，这可是不敢掉以轻心的事情。能有个人在前边扛起这份责任来，对自己倒也是件求之不得的好事。

赵大江的心里平衡了，觉得“要好好跟人家学”的选择有了更深一层的现实意义。

贺副参谋长列队向全连宣布过作训任务。赵大江有意让连队亮一手儿，给他见识一下，作谦恭姿态问：“贺副参谋长，你看接下来咋个办？要不要考察下子连队军事素质情况?”

贺鹏举说：“好啊，我正想看看。”

赵大江就把连队拉到了操场上。

老兵复员后，三个步兵排的总人数只剩了五十来人，这样倒显得精干。到了操场，赵大江将各排的兵作了重新调整，他打乱各排的序列排序，按身材高矮统一编排了队列。

整理好队列后，赵大江一声令下：“成刺杀队形——散开!”

“咵”的一声，队列随声做出动作，整齐地向左转。接着，弟兄们“咵、咵、咵”踢着正步，依次拉开刺杀间隔距离，散开到位后站定，自动转身。

赵大江再整过队列，声音洪亮地下令："预备用——枪！""步兵刺杀操。预备——开始！"

"杀！"在队列齐齐呐喊的同时，弟兄们"咵"地挺枪疾刺出第一个"突刺"动作。跟着，随了一连串"杀、杀、杀！"的喊杀声，"咵、咵、咵"动作带出的声响，弟兄们凶狠刚猛、迅捷有力地做了"连续三枪刺"、"向后转刺"、"防左刺"、"防右刺"、"防下刺"、"垫步刺"等一整套的刺杀组合动作。操场上顿时腾起一股杀气！一整套动作完成，整支队列"哗"地收枪回归原状。弟兄们已是气喘吁吁，脑门上腾着热气，沁出一层细密的汗珠。

赵大江心中连连叫好，觉得争气。他下令："成密集队形——集合！"

收拢好队伍后，赵大江掩了心中的自得。他转向贺鹏举假意道："请贺副参谋长给指点一下，看看有啥子问题？"

"不错！"贺副参谋长不动声色地评价："比'大办民兵师'的水平，确实是要强多了！"

"好大的口气！我们连的刺杀动作，在全团都是数一数二的。"赵大江心中当即反驳："有本事，你亮两手出来看看？"想是这么想，却没好说出口。

其后不久，赵大江就会晓得自己当时的见识多么浅薄。两年后，在北京举行的第二届全军运动会开幕式上，这支部队组成千人刺杀大队，当场表演了威震全军和全国人民的"刺杀操"。担任这支刺杀大队技术"总教头"的，正是眼前的这位贺鹏举副参谋长！

贺鹏举并不在意赵大江的表情。他转头向着队列解释道："我刚才的话，不是有意贬低大家。队列、射击、刺杀和投弹这四项军事技术，是每一个士兵的入门功课。当民兵的也有枪，也要学会使用武器。不同的是，你们是军人！就不能仅仅是学会使用武器。当然，造成这种状况的责任不在你们连队。这些年来，我们部队的正规化训练不搞了，军事素质下降得很厉害。一支连队，三年就会彻底换掉一茬儿人。连续几年不练兵，再好的军事素质和作风传统也会断档！”

贺鹏举话锋一转，提高音量，换用短促有力、简捷精辟的语言道：“同志们，军人与兵是有区别的。发给枝枪，应征领饷就叫做‘兵’；散兵、败兵、伤兵，也都是兵。而军人是一个职业标准。可称军人者，必当为国之利器！是要在国家面临危难时，能够冲得上去，决战决胜的。一个合格的军人，首先要将自己锻造成一件兵器。所谓‘兵器’，就是要做到人枪合一，浑然一体；人是一支枪，枪是人的尖锋。与敌遭遇，必须要做到：眼到、心到、枪到，在瞬间消灭敌人！”

“请大家记住：要让自己成为一件兵器，一要做到‘静’；二要做到‘准’”。

“什么叫‘静’？心底净静！神闲气定，心明眼亮。要排除头脑中一切杂念，养胸中一膛坦坦荡荡的浩然正气！军人的目光，永远堂堂正正正视前方。发现敌情，迅即反应。獐头鼠目、瞻前顾后、蝇营狗苟、工于心计，那不是一个军人应有的气概。”

“什么叫‘准’？动作准确有力。有力来自准确，一击撂敌，不留余地。相信自己动作准确无误，才会充满自信心；充满自信的动作，才具有杀伤力。要做到‘准’，就要

'练'。苦练方能精确，精确方能至胜；上了战场，才能成为具有杀伤力的兵器！”

“刚才你们做出的动作，根本问题是犹豫；心有顾忌，担心做错。这就是一个军人与兵的差距。现在，我给大家做一个最基础的军人标准。”

“同志们知道：兵民的分野，始自分列式训练。按操典规定：正步走每分钟一百一十六步，步幅七十五厘米。现在请赵连长给我计时，我做一遍给大家看。”

贺鹏举大步走到一侧站定。他陡然神色一振，挺胸绷紧；双目炯炯，凝视前方。仅此不见形体变化的精神抖擞，便能感受到他逼射出的慑人英气，带得弟兄们神经为之一振！

赵大江见他准备就绪，一声令下：“正步——走！”

身随令动。贺鹏举“唰”地抬腿带风，踢出标准的正步动作。他脚上的皮鞋踏出精确的节奏，果断刚劲地正步向前。那步伐铿锵有声，落地砸窝。弟兄们不禁随着他脚步的节奏，小声数着步数：“一、二、三……”待数到“五十八”时，贺鹏举立定止步。他向后转回身来，望向一直盯着手表的赵大江。

赵大江抬头，诚服地大声道：“正好三十秒！”

徐小斌拿出钢卷尺，在贺鹏举皮鞋夯出的、呈笔直一线的脚印上逐个量过。他惊讶地叫道：“绝了嘿！步幅刚好是七十五厘米！”

贺鹏举重新站到队列前。他迎着弟兄们仰视的目光，下达第一道训练令：“正步走，是军人素质训练的第一课。我们为期一个月的军事训练，就从正步走开始！”

训练开始后，七连的弟兄们，包括连长赵大江，全都为贺鹏举身上那种充满感染力的军人气质和魅力所折服，不觉间心悦诚服地成了他的崇拜者、追星族、“粉丝儿”。

这还真是个不服不行的事儿。啥叫“气质”？瞧瞧人家表现出的风度，那叫一个永远的开朗坦荡、沉稳淡定。跟他在一块，你就觉着心里特踏实、舒坦；他要说行的事，你就放心大胆做就是，根本用不着犯嘀咕。啥叫“魅力”？瞧瞧人家的举止，那叫一个啥吋候都干净利落，准确规范。他的举手投足也是自然平淡，可就是让你觉得特干脆、特麻利，透着股子洒脱的帅劲儿！跟他相比，总觉着自己要差那么一点，就会不自觉地照着他模仿。要不人家敢跟你抡啥叫“兵器”呢？人家自己就是“兵器”标准件儿！真不是谁闲得，要找个偶像盲目崇拜。跟什么人学什么样儿，都是二十来岁的年轻人，谁不想着要个好儿，玩个派呀？好歹当了回兵，怎么着也得活出个自我感觉特像那么回事儿吧？

贺鹏举在七连的兵堆儿里泡了没几天，就被自然拥戴成了“兵王”。弟兄们不但在训练场上发自心底地认他作“老大”，对他言听计从，就连星期天也改了睡大觉的习惯，兴致勃勃地跟着他去打篮球、踢足球，或是去登山越野什么的。大家在紧张愉悦的训练生活中，开始体会到了一种全新的军人境界！

就说这军事知识吧。贺鹏举开讲的第一堂课，是教授射击弹道学原理。打从这堂课上，七连的兵开始建立起全新的射击概念：原来打枪这事儿，不一定是瞄哪儿打哪儿；一个好的射手，重要的是能够在任何情况下手起一枪，便将子弹射中对方，等等。也开始悟出点儿贺鹏举安排这三个实战性射击训练科目的用意。

过去进行射击训练，是端枪趴在地上一动不动，对着靶标傻瞄，要求击中靶心的十环。按贺鹏举所讲授的射击标准衡量，这种训练等同于小学生在方格纸上，一笔一画学写字的启蒙。战场上讲究的是要一枪撂倒对方；又不是培训狙击手，要那个打中十环干嘛使？谁见射击从第三练习开始，还有按环数计算成绩的？不都得说是命中了几发子弹么。

为啥只要打中就行？因为人身上只要穿一个窟窿，那血就流得“哗哗”的了。历来的战死者中，有几个是被一枪毙命的？绝大多数死于失血过多。何况连发武器发射起来，每发子弹前后间隔只一米。所以不中枪则已，要中就是身中数弹，给打成“漏斗”了，想躲想跑全没用。您兔子腿儿刨腾得再快，跑得过飞来的子弹？毛主席说：只有消灭敌人，才能保存自己。上了战场想要活命，必须抢在第一时间干掉对方！

训练合格军人，射击练习是要练熟了抬枪就构成三点一线射击基准线（即：标尺缺口、准星和目标连成一线）。进行夜间射击训练，就是要解决这个问题。

夜间射击是在黑夜向一百米距离的半身靶射击。它的瞄准物是靶心一颗黄豆粒儿大的手电筒灯泡。黑咕隆咚的，要是连准星都找不着，那您这个射击就算彻底瞎了。所以进行夜间射击的基础，是要能找到迅速构成“三点一线”的感觉。

贺鹏举传授的再一个射击原理：子弹出膛看似走直线，实际受到地球引力和自身重量影响，会随着飞行距离，走一条渐次下降的弧线。在不同环境条件下射击，射手要根据这一原理，对目标瞄准位置进行修订。进行山地射击训练，就是为学会这样的射击方法。

山地射击是在三十度陡坡条件下，向山下方向距离一百米的半身靶射击。在这种坡度条件下的射击，弹着点是落在正常瞄准点的下方。要想击中目标，或者是将射击标尺定到三百米距离抬高枪口，或是将瞄准点定在靶尖部位，这样射出的子弹才能命中靶心。换句话说，在山地条件下，你要打他胸口，就应当瞄准他的脑门儿。在实战情况下，敌方进攻是在快速运动，根本来不及修订枪上的标尺，只能靠目测距离，自行调整射击瞄准点。

至于抵近射击训练，那就更厉害了！它相当于美国“西部片”中快枪手之间的近距离决斗。同样拿练习写字作比喻，它便是已臻挥毫泼墨的狂草境界！它是要求在运动作战中，随时发现闪现的目标，在做抬枪动作的同时，就构成射击线；在枪口指向目标的瞬间，完成击发动作，射出子弹打掉目标。完成这个动作的几个步骤一气呵成，正是对贺鹏举所讲：“兵器者，眼到、心到、枪到”的最好诠释。

进行这三项实战射击训练，也有个方法得当的学问在其中。任何步兵作战技术训练，都要下一番苦工，绝非烧锅猪肉摆到地上，弟兄们为争口肉吃一“玩命”，就全变成“精武”把式了——您当是逗狗呐？别的先且不说，您只练了一套“刺杀操”，就给累得气喘吁吁的，就这副“糠萝卜”似的身子骨儿？您打啥射击全叫“听响儿”！

贺鹏举的训练安排是：每天早晨出操，全连列队跑步三千米；上午的训练课除了讲弹道原理外，就是练习正步走和刺杀动作的体能训练；到下午才是进行立、跪、卧三种姿式的无依托射击训练。贺鹏举对射击训练的要求是：练射击要学会动脑子、找感觉，要练一枪有一枪的体会，不要鞧那儿半天不动地傻练。射击练的是个射速快，用火力压住对手。要领是能够把握气息自如，必须在三次呼吸间完成射击动作，即：吸进第一口气时完成举枪瞄准；吸进第二口气完成调匀气息；吸进第三口气要屏住气息，完成击发动作。达到了这样的射击技术要求，在任何条件下的作战都不成问题了。

这种训练课程安排，对弟兄们的体能消耗非常大。但三天的疲劳期一过，大家就体会到它的好处。这也正是贺鹏举所传授的射击秘诀所在，枪打得准，全凭身体素质“当家”。身体素质好的人端起枪来，腰不软手不抖，心跳平稳，呼吸匀称。如此才做得到神闲气定，把子弹准确射击出去。弟兄们经过高强度的体能训练，身体的综合素质提高了，自然在射击训练中有了游刃有余的感觉。不仅完成射击动作的速度和质量有了保证，并且还逐渐掌握了在控制枪口的晃动中，及时捕捉和把握击发的恰当时机。

这天下午，贺鹏举叫上徐小斌，让他带上冲锋枪和一些子弹，一起到山上去选处山地射击考核的打靶场地。

两人往军营门口走的路上，正好遇见下岗的毛牛，背着枪往回走。贺鹏举叫毛牛也一起去，说让大门口的哨兵打个电话，告诉连里一声就是。毛牛就乐滋滋地跟了来。

那天贺鹏举在操场见到这两个“小可怜儿”。闲来无事，就叫他们去他宿舍玩，跟毛牛摆了两盘象棋。下过棋他对毛牛便有了喜爱，说毛牛看似憨讷，实则是“猪八戒喝磨刀水——有内秀”的可塑之器，只可惜不通棋理。便借给毛牛一本他自己手抄的《渊深海阔》，这本书是部几近失传的古棋谱。论古文徐小斌也不行，毛牛就当场向贺鹏举请教。贺鹏举连认字带讲解地教了他一段棋谱。毛牛回去后，下功夫认真地背诵默写，并按棋谱摆熟了棋局。隔周休息，便又去上门请教。贺鹏举不但不烦，反而对他更加赏识，说他肯下功夫，将来必能成器；还说是只有心底踏实纯朴的人，才能静得下心来，学得进东西去。

三人出了营房，沿着条羊肠小道钻进了空寂的大山之中，走着就觉得有些辨不清方向了。徐小斌担心道："咱们不会走迷路吧?"贺鹏举想了想，挥手一指"玻璃角山"的山峰道："没关系，咱们上山项！只要登上了最高的山顶，就能一目了然了。"

三个人一路奋力攀登，终于热汗淋淋地登上了"玻璃角山"的峰顶。

放眼望去，但见天宇辽阔，风光无限，苍穹如洗，暖日高照。四野起伏的群山和在群峰间呼号的山风，全都沉陷隐匿在了脚下。一望无垠的天际间，唯有几只苍鹰上下盘旋，振翅翱翔。展现在眼前的这番壮阔景象，令人心胸为之豁然开朗。

徐小斌初次登临如此高度的境界，那脚下涌动的长风和苍茫的万里河山，令他生出御风升仙的神逸，"君临天下"的豪兴。他兴奋得手舞足蹈，却仍觉不足抒怀。他情不自禁地举双手在嘴前拢了，向着浩瀚的天地发出"啊——"的纵情呐喊！然而天宇辽阔，迅即稀释掉他的喊声。徐小斌有些沮丧，感受到在这宏阔天地间，自己之渺小和微不足道。

贺鹏举见徐小斌这等孩子气，笑笑走过来，安慰地拍拍他的肩头。望着前方不时盘旋到近前的苍鹰，贺鹏举不禁起了军人特有的兴致，指了苍鹰：“哎，咱们打两枪看看?”

毛牛忙递过手中的半自动步枪：“哦，用这个枪打。”徐小斌也说“好”，递上子弹。

贺鹏举压上十发子弹，“哗”地推进枪膛。他岔定双脚，挺直身体，微垂了端枪的双手，目光沉沉地盯了前方的那几只飞翔物。他调匀气息，蓄势等待着苍鹰盘旋到近前。

突然，他猛地抬起双手，“啪”地迅疾甩出一枪，枪响鹰落。随着清脆的枪声，一只飞近的苍鹰一头栽下，直直的坠进山谷中。

“我操!‘云中射雕’啊，太帅啦!。”徐小斌对这手儿精湛的枪击佩服得五体投地，他和毛牛都不禁为之连声喝彩。

贺鹏举自己也十分满意地笑了：“看到了吧？这就叫‘抵近射击’。”又转身举了步枪问：“你们谁也来玩玩儿?”

徐小斌口里说着：“我们哪行啊?”却还是好奇地接过枪。他放过几响空枪后，自愧地摇头；又把枪递给毛牛：“蛮牛，你来试试看。”

毛牛“唔”一声。他接过枪来，认真地举枪瞄准，追随着鹰群的身影移动着枪口。“啪”地一声枪响。一只飞近的苍鹰骤然发出凄厉的惊叫，振翅加速，仓皇地向远方逃去。

它的身后，摇摇荡荡地飘落下几根黑色的长翎。

“行啊你，蛮牛!”徐小斌羡慕地祝贺：“差一点儿就打下来了!”

“嘿嘿，我在家里打过猎的。”毛牛憨憨地笑了道。

收起枪，贺副参谋长在山顶上四处转着看过。他指了向阳的山腰间一处位置说：“我看那里的坡度比较合适。走，咱们下去看看。"

上山容易下山难。尤其是从这种无路的陡坡上下山，看着就让人心里发颤。那山的坡度陡到直起腰来，便可抬手摸到背后的地面。站在坡上往下看，直觉是在贴着崖壁往下走。刚一挪动脚步，就觉得要倒头翻落滚下山去。整座山体的陡坡上，都只敷了薄薄一层的枯草碎石，又布满着狰狞突兀的岩石。只要脚下一个扎不牢稳，便会随着酥松的碎石滑倒滚落，在岩石上碰个伤筋断骨。

徐小斌何曾见过这等险恶的山路？走不两步便吓得转身趴伏在地上，胆颤心惊地一步一挪往下蹭。走在前边的贺鹏举回头见了，朗声笑他："哈哈哈！你这个城市兵啊，真够笨死个狗熊的了！"又指着告诉他："你看看，人家毛牛是怎么个走法。"

徐小斌撑着地，抬起头来看。毛牛不愧是山里伢子，跑起山路来像只羚羊。他顺着山势放开脚步，侧身躲闪着突起的山石，走"之"字形往返盘绕着向下一路小跑，已经快下到半山腰了。徐小斌这才悟出点儿下山的道理，他依样学了，却还是心里犯哆嗦地不敢大胆迈步。总算下到了山腰处停下，他的腿肚子犹自抖得直抽筋儿。

贺鹏举察看了这里的地形，满意地点头："这里地形合适，就选这里作靶场吧。明天派人来修几个射击台。"又一挥手道："好了，咱们撤退。顺路再找条到这儿的山道来。"

坐在岩石上揉腿肚子的徐小斌听了，忙咧嘴求饶地喊："哎哟，这就走啊？再歇会儿吧，贺副参谋长。跑了这么半天的山路，我腿肚子抖得都站不起来了。"

贺鹏举笑了说："那就歇会儿。"又招呼："要休息，就到那边岩石后面坐，风太硬。”

三个人在岩石下坐了。徐小斌好奇地问：“贺副参谋长，我听说你还出国参加过军事技术比赛，是么？”

“啊。1956年去过一趟罗马尼亚，是参加社会主义国家军队军事技术比赛。”

徐小斌又问：“都比赛些啥呀？”毛牛也转过头来，认真地旁听。

“比赛的科目挺多。”贺鹏举起了谈兴：“就说射击吧。最难的科目，就是用冲锋枪打精度点射；二十发子弹，必须打出十个点射。再按命中的环数计算比赛成绩。”

徐小斌想了，睁大眼睛道：“那也太难啦！别说打中多少环了。光这二十发子弹十个点射，就根本没法儿做到。谁能保证扣一下扳机，就一定只打出两发子弹呀？”

“那是。”贺鹏举点头：“只要打出一个单发，就被淘汰！”

“那怎么办？”

“练呗！”贺鹏举道：“练这本事，当然要靠拿子弹‘喂’，要在实弹射击中去体会那种控制扳机的感觉。练的时间长了，就会慢慢熟悉了枪的秉性。”又转头对毛牛道：“我听说，你喜欢搂着枪睡觉，是吧毛牛？这个好！真正的军人就得是这样。枪这东西，也是有灵性的。你对它有发自心底的情感，它就会听你的话；‘枪听我的话，我听党的话’么。”

徐小斌听得云山雾罩：“呵？枪也有灵性，这也太玄了吧？”想想，他还是不信服，便央告：“贺副参谋长，你能不能给我们打两个点射看看？让我们也开开眼、见识见识。”

贺鹏举摆手：“不行喽！已经扔了这么多年，早就手生了。你们的枪我也没摸过，不是赌等着出丑么？”

徐小斌摇着贺鹏举胳膊，死皮赖脸哀求：“打打看嘛，贺副参谋长。那玩艺儿，是你吃到心里的手艺，怎么着也不会全扔了。反正你也是打着玩，我们又从没见识过，求你了！”

贺鹏举也手痒了：“那就打两枪？……行，就打两枪给你们看看！”就站起身来。

徐小斌赶紧起身，往冲锋枪弹夹里压子弹。装好子弹，他讨好地笑着，递给贺鹏举。

贺鹏举接过冲锋枪，在手里掂了想着：“这可是没把握的事儿啊……要不，我先打两枪试试，体会体会这枪的性能。”

说着，他将枪口朝天地扛在肩头，边静默凝神体验着，边“哒哒、哒哒、哒哒”地无目标射着点射。打过，他才朗声道：“呵呵，这枪还行。好，我就给你们亮一手儿！”

徐小斌忙连声道着：“好，好！”再帮他装好二十发子弹。

贺鹏举接过枪来，跨步到岩石边站稳。他选中前方百米处山坡上，一块白色花岗岩的岩石作射击目标。只见他轻轻舒缓地嘘过两口长气，“唰”地举枪，做出个标准的立姿瞄准动作。他将枪托在肩窝处微微挪动抵紧，全神贯注屏息。

“哒哒、哒哒……”一阵短促的点射声爆豆般响起。那块白色岩石上，即刻蹦起朵朵岩尘，飞溅起串串火花。展眼间，被弹头迸裂开的破碎处，便见凹陷出一勺浅坑。

徐小斌站在一边默默地数了。枪声戛然停止时，刚好是十个点射。

待贺鹏举收了枪，转回头来时，徐小斌和毛牛仍自看得目瞪口呆，回不过神儿来。稍倾，才对贺鹏举咧嘴笑出来。

徐小斌叹服：“这一手叫‘绝杀’呀，贺副参谋长。这要是到了战场上，别说是人，就是一个火力点，也让你给打成筛子啦！我要是也能练成这手绝活儿，就好了。”

毛牛在一旁，只一个劲儿地跟着点头。

贺鹏举谦笑了摆摆手。他正色道：“人这一辈子里当次兵，总要有点儿志向，练出两手绝活儿来。否则何以称‘国之利器’？小斌啊，我看你是个有志于行武的人。要想做一名合格的军人，单凭忠肝义胆，一腔热血可不行。你看人家身经百战，从枪林弹雨中闯过来的人，哪一个身上没点儿真功夫？”

徐小斌认真地听着，暗暗点头称“是”。

贺鹏举扬头想了，又道：“要我说啊，咱们国家的兵役制度，早晚得走上职业军人这条道儿。从越南战场上的情况看，未来战争中步兵的尖刀，就得是特种兵。小斌，如果你真想吃军人这碗饭的话，我建议你最好从现在起，就打主意准备报考军校吧。”

七连三项射击训练胜利结束，进行过实弹考核，连队随即转入连进攻战术训练。

开始战术训练的这天下午，连队遭遇到“意外事件”，结结实实得了一次深刻教训。

这天下午，赵大江按照贺鹏举的命令，带领连队到野战训练场去熟悉场地。正当连队行进到通往训练场的隘口处，突然，前方响起一阵“哒哒哒”的密集枪声。

骤然临之的意外情况令毫无思想准备的赵大江一时懵了。连队的士兵们也为这突如其来的袭击，慌乱得不知所措。大家惶恐地傻站在原地，四下里胡乱张望。

枪声停顿了一下，又再次“哒哒哒”地响起。赵大江向周围看过，发现并没有子弹射过来。再仔细一听，分辨出是打空包弹发出的枪声，他顿时恍然大悟地松了一口气。赵大江没经历过步兵实战，尽管想到了是怎么回事儿，却在急切间不知如何应对。

“哈哈哈……”队伍中爆发出一片乱哄哄的大笑。弟兄们也都猜明白了个大概，想到了这是在搞假设遭遇敌情的情况。

“同志们冲啊！杀啊！哈哈哈……”

“缴枪不杀！别让兔崽子们跑了呀！嘻嘻嘻……”

不待赵大江发令，弟兄们已经乐成了一窝“蜂（疯）”。他们笑着、闹着，狂呼乱叫地开心得不得了。大家提了枪，像“玩打仗”般“一往无前”，向枪响处争先恐后地奔跑过去。

赵大江急得在后面连声大叫：“站住，站住！都给我回来……”却还哪里喊得住这帮高兴坏了的兵们。连队这一段时间的训练，确是安排得太过紧张，弟兄们神经绷得太紧了。意外得个可以释放一下的机会，这帮情绪被压抑已久的傻小子，哪里还能够喊拢得住？赵大江无奈，只得喊着让排长们招呼队伍，又小跑着跟上去。

站在大树后边充当假想敌的贺鹏举，见连队这只当是儿戏好玩的闹哄劲儿，被搞得哭笑不得。他边换着冲锋枪弹夹，边对伏在岩石后面的徐小斌说："你看看你们连，简直是一窝土匪、乌合之众！这要是枪里装的是实弹，还有一个活的么？"

徐小斌正爬在岩石上，一边"哒哒哒"地放空枪，一边向外扔着"嘭嘭"炸响的纸手榴弹，兴高采烈地忙得不行，也过瘾得不行！他头也不回地大声道："没错！这帮傻小子们，早被我一个不剩地全'吐吐'光了，绝对剩不下喘气儿的。"

贺鹏举换好弹夹，再没情绪陪他们"玩"了。他垂手拎了冲锋枪，冷眼旁观地看着这帮兵们胡闹。弟兄们迎着徐小斌的枪声，生死不惧地冲了上来；嘴里还亢奋得呼喝着"抓活的，皇军有赏啊！""抓住了赏五两烟土啦！"贺鹏举心里来了气："小斌，别打枪了。给我拿纸手榴弹，照着他们身上砸！看他们知不知道躲。"

"好嘞！"徐小斌得令。他放下枪抓起纸手榴弹，拉了拉线儿就往弟兄们身上扔。纸手榴弹炸响的威力不敌一个"二踢脚"，谁在乎这个？没等徐小斌扔出几个，就被生擒活捉，士兵们一拥而上将他摁翻在地上。一伙人们乘兴再扑了上去，一个压一个地玩开了"压摞儿"。

被压在下面的徐小斌，后腰硌在一块石头上，痛得他大叫，却叫不出多大声儿。

"混蛋！都给我滚起来！"赶上来的赵大江厉声喝骂。

弟兄们这才收了胡闹，嘻嘻哈哈着爬起身来。

"全体集合！"赵大江愤怒地下令。

弟兄们见了赵大江脸色，知道该没"好果子"吃了。都噤声敛气、出出溜溜站好队列。大家意识到这回闹得过了，依着赵大江的脾气，不定要被他怎么狠狠整治一顿了。

赵大江的脸阴沉且涨红得险些滴下血来。他勉力控制地强低了头，可心里的那股火气呀！实在是压抑不住地要喷出来了。本是全团响当当的一支连队，没想到再让贺副参谋长给来了次“下马威”，看了大笑话。这让他这个当连长的脸往哪搁？

赵大江想要发脾气，见到队列里的兵们，个个一副低头认罪、甘受严惩的倒霉相儿，他心里的火气反倒顺下去。想着有主持训练的首长在，自己“发飙”有什么意思？连队素质丢脸到这份儿上，你当连长的还讲得起话？还是听贺副参谋长“一锅烩”地教训吧。

赵大江喊过“立正”转身，向贺鹏举低声道：“请贺副参谋长批评训示。”就回身站回到队列里，跟弟兄们一起等着领受训斥和羞辱。

贺鹏举走过来。他先将冲锋枪扔给站在队尾的徐小斌，再站到队列前，玩味地扫视过整个队列。他笑笑，开口道：“好啦，都别板着脸了。既然是知道错了，以后都记在心里就是。军人嘛，认错也不能倒了架子。要敢于正视错误！”

见弟兄们都抬起了头，贺鹏举收了笑，严肃道：“同志们，你们想没想过：你们的生命是谁的，你们的责任是什么？”

弟兄们没想到等到的训斥是这个，一时面面相觑，不知如何回答。

贺鹏举自答：“军人的生命不单属于自己，更属于国家！国家养兵千日为什么？用在一时！难道老百姓养着你们，国家拿钱训练你们，就为能有伙子人去挡子弹？”

“你们刚才只是以为，今天的错误在于没有敌情观念。但更深一层次的问题，是忘记了一个军人肩负的责任。国家需要的，是一支精锐的、能够消灭一切来犯之敌的武装力量！你们不珍惜自己的生命，可以。国家呢？保家卫国的任务谁来完成？作为一名军人，无论是在练兵场上，还是到了战场上，都要时刻牢记：我们不能轻易倒下。因为在我们的背后，是千千万万的老百姓，是神圣的‘天安门’！”

“军人，不但要尊重自己的光荣，更要时刻牢记军人的责任和荣誉。军人是国威的象征，是正义的符号。军人担当着社会的道义，它是军人的荣誉所在。为荣誉而生，为荣誉而战，这才是一支军队浩然于天地的军魂！”

“刚才的混乱，绝不仅是指挥员的责任和连队战斗素养问题，而是所有成员都没有职责和军人荣誉的概念。只有真正树立起这种概念，才不会把训练和作战当作儿戏。请大家永远记住：军人的神圣职责是保卫祖国领土，歼灭一切来犯之敌！这才是我们进行训练所要达到的目的。懂了么？”

“懂了！”弟兄们纷纷答道。

“大声点，拿出气势来！”贺鹏举再大声喝问：“懂了么？”

“懂了！”弟兄们齐声回答。

“好！”贺鹏举再道：“我们的战术训练，最忌讳做样子、耍花架子。你们要明白：到了战场上，只要严格按照战术动作要求，做到迅速隐蔽，敌人就很难瞄准和击中你们。要做到不轻易倒下，就要达到一个训练有素军人的标准。我们的战术训练，不单要‘带着敌情练兵’，更要经过艰苦的训练，使我们每个战斗员这件‘兵器’，凝结成一部攻无不克、战无不胜的战车，一件所向披靡的利器！”

“这就是今天，我要给大家上的第一堂战术训练课。”

十一、“老狼”来了

冰冷沉寂的军营里，随着春节的临近渐渐热闹了起来。

七连去年水稻机械化生产的成功经验，在柏各庄军垦农场得以全面推广。加之军队工作开始转向正规化训练，明年全团部队只留三分之一继续搞生产，其余部队全部撤回营房转入全训。待过了春节，新兵补充到部队后，转入全训的部队就将拉回营房。团部的司政后机关，也将全部搬回营房。

为安排好部队回营房的各项准备工作，不仅团后勤处的人提前回来打前站、清理营房内的营具、修理安装相应的设施，团司令部和政治处也派了人回来，提前进行清扫和布置。于是，整个军营内的人气，便一天旺过一天。

首先令七连弟兄们感到欣喜的，是团后勤处不仅将洗澡堂的锅炉升火试烧，让弟兄们热热乎乎地洗了次热水澡，而且在营区内，重新开张了军人服务社。军人服务社规模初具，只安排了三个团部家属院里的女孩子来做售货员，但这就足以令弟兄们兴奋不已了。因为到了周日，他们可以到服务社去“逛逛”，看看那些商品包装上的五颜六色；更能怯怯地一睹异性的“花容月貌”，甚至能荣幸地跟年轻姑娘搭上两句话。

这天午休时，营区里突然传出一阵广播喇叭“吱喇吱喇”试音声，直刺得人浑身起鸡皮疙瘩。但就是这样，也逗起了弟兄们的新奇感，仿佛终于有天外来客跟他们交流似的。大家都竖起了耳朵，试音的噪声响过，广播里传出昂扬欢快的“广播体操”音乐声。这动静太美妙了！近两个月来，弟兄们听到的，不是硬梆梆的口令和训斥，就是男人间粗野的笑骂。唯一的音乐，还是自己给自己“播放”的军歌。

不知不觉间，弟兄们先后静静走出宿舍，纷纷聚拢在广播喇叭下，忘记天寒地冻，默默站立着，倾心欣赏起来。

广播体操的音乐放了一半就停了。正当弟兄们失落叹息着，掉头回宿舍时，广播忽然又响了。弟兄们禁不住“哦”地发出一阵欢呼，又赶紧住口倾耳来听。这次播放的音乐舒展奔放，像是海潮般在激越中挟着深情，冲击起人的心潮和美好的浮想。前奏过后，传出男声舒朗的歌声：“云雾满山飘，海水绕海礁。人都说咱岛儿小，远离大陆在前哨……”是弟兄们从未听过的军旅歌曲《战士的第二个故乡》。政治处的人真是“恩人”啊！竟能在此时此地这般善解人意，给弟兄们送来表白战士心曲的歌声。“啊，祖国，亲爱的祖国。你可知道战士的心愿，这儿就是我们的第二个故乡！”七连的弟兄们静心聆听，竟至如醉如痴、心潮翻滚，禁不住的鼻酸眼热……

遗憾的是，政治处的广播试过音，就再也不响了。这让第二天午间，再次聚在广播喇叭下“守株待兔”的弟兄们，结结实实品尝到一番怅然若失的滋味。

与军营新气象相伴而来的，是训练任务日益紧张的压力。

军营中人员的日益增多，意味着大部队很快就要撤回营房。而全训部队回营日期的临近，意味着七连离进行战术演习的日子越来越近了。要在十多天的时间里完成连进攻战术演习的训练，再交给师首长一份漂亮的答卷，实在是太紧张、太艰巨了。

连进攻战术考核的是连队的整体战术动作和作战素质。而连队的战术动作，要由每个士兵的技术动作为基础和构成。对于一支长年屁股朝天，窝在水田里搞生产的连队而言，他们从没有进行过这方面的训练。别的尚且不论，单是这干庄稼活儿和野战训练，在体力上使的根本不是一个劲儿。不信脱了衣服看，身上的肌肉块都不一样。干农活儿使的是“闷头拉套”的死牛力气，干得累了可以直直腰，喘口气放松一下胳膊腿儿。作战训练行吗？累到腰折断也得咬牙弯着，连滚带爬地往前冲！您敢站住脚、直个腰试试？纯粹是自找倒霉，招来连长当众点名给你顿臭骂！

这次连进攻战术的方案，是以野战训练场一端作为攻击的起点。全连要迅速隐蔽地穿越八百米开阔地，到达距“敌方”防御阵地二百米的冲击出发地集结。然后，在我方炮火和机枪的火力掩护下，向“敌方”的防御阵地发起攻击。

发起攻击倒还好办。只要准确地按预定计划协同全连的攻击动作，再扔上几颗手榴弹，“杀”声震天地冲上“敌方”阵地，照着草人身上捅它几刺刀，这就算是齐活儿。最要命的，是迅速通过那八百米的开阔地。

啥叫“迅速隐蔽”？就是必须一路摸爬滚打！当兵的跑八百米算什么？问题是您这八百米得是伏低身形、脚底下还不能慢了。这一路上还得见坑滚到坑里、见丘扑到丘后；没坑没丘的地方，您就得胳膊腿儿紧倒腾地匍匐前进。而这一系列动作，还必须做得既够标准，又干净利落。因为与其说是“穿越”八百米开阔地，不如说是在观摩的首长眼前验收。要将全连的战术动作演示得无可挑剔，就要从头开始，一个一个单兵动作地边教边学边练；一个挨着一个地纠正动作。练得差不多了，再把这些动作组合，一个人一个人地训练和检验过“筛子”。最后再将全连的战术动作组合，进行合练。这番功夫下得可就大发了！

战术训练开始后，弟兄们体会到贺鹏举在“遭遇敌情”后讲话的含意。当兵的强调“一不怕苦，二不怕死，”一般认为：兄弟我连死都不怕，还能怕苦么？既是能生死不惧，吃点儿苦就吃点儿苦呗。到了训练场上才知道，其实这苦可比死可怕多了。真到了苦得实在受不了，保不齐会想“还不如死了好呢”。练的就是要让你熬过“苦”这道坎儿，为的是打起仗来“找死”能离你相对远点儿。

就说这战术训练之苦吧。别说一天的训练课下来，满地扑腾地生折腾死人。仅就一个八百米的跑着趴下、趴下紧爬、爬了再起来，连滚带跑地闹腾一趟，是个人儿都难以坚持到终点。您一上午这样跑两个来回试试？绝对一个趴架！四肢酸软得使不上劲儿。就算正当年轻，可要是没有连排长们，成天价“李魁”似的挂“黑脸儿”督着，绝对难咬牙咽下这份儿苦去。唉哟，军人的荣誉……说着、听着是真漂亮，可也苦死他大爷喽！

在这种高强度、大运动量的训练下，七连的弟兄们算惨到家了。每次训练回来一说“解散”，弟兄们恨不能立马“扑哧”一下坐到地上。好歹拖着浑身的酸疼捱到武器室架好枪，再一步步地挪回到宿舍。下一步要想着往小板凳上坐下去，就得再咬牙下定几次狠心，才就着“哎哟”声儿坐下。睡在双层床上铺的，就更惨了。晚上想上床睡觉？愣是死活爬不上去！得请睡下铺的弟兄给在下面掮腿托屁股的，把自己鼓捣到上铺，才能睡得成。

饶是这么着，士兵们也在咬牙坚持，没人叫苦叫累。就连赵大江都不得不承认：这是人家贺副参谋长做政治思想工作的功劳。因为贺鹏举给弟兄们说明白了一个道理——重塑军魂！

这天晚上，通讯员小杨从漆黑的宿舍外神色紧张跑回连部。他冲着屋里围炉烤火的人们，神神秘秘地通风报信：“不好了。刚才我从团部那边路过时，看见‘老狼’来啦！”

贺鹏举好奇地问：“什么老狼？”

徐小斌说：“就是郎副团长。哼！这老家伙一来，准又要折腾咱们了。”

“给我闭嘴！”赵大江喝止。这话要是传到郎副团长耳朵里，可不是闹着玩的。“谁让你给团首长起外号了？要自觉维护领导威信，你不懂么？”

徐小斌和小杨悄悄相视一眼，不敢再说话。

贺鹏举有意打岔地问徐小斌：“他为什么会折腾咱们？”

赵大江抢过话来回答：“你听他乱讲，怎么可能么。”

徐小斌的话真不是乱讲。毛主席说“历史的经验值得注意”啊！

那个时期部队的工作脱离了正常轨道。各部队的任务，不是搞生产和施工，就是掺和到地方的运动中。部队自身的政治思想教育，也是一会要往这儿“挂帅”，一会儿又改了要往那儿“紧跟”。所以除了直接跟士兵们生活在一起的营连级军官，团以上机关首长们日常的工作，差不多的都稀松二五眼地穷混。您瞎积极地跟“风”，谁知道跟得对不对。所以弟兄们一般很难见着团长政委的面儿。经常在弟兄们眼前晃的，也就是这位郎副团长。

那时部队里真打过仗的首长，也就是团级里还剩了几位，郎副团长号称是参加过抗美援朝作战。他经常用战争环境的残酷，来“现身说法”地教育弟兄们。实际上他只不过是给首长当司机开车，根本没直接参加过战斗。要不有次聊天说起来，贺鹏举也抱怨说：“咱们军队也不知怎么搞的。眼下当军事指挥员的首长，净是些没在一线作过战的搞后勤的。”

其实郎副团长打没打过仗，用不着打听。只要看看他的体形，就能猜出个大概齐。

郎副团长生得矮矮胖胖。可以想见，他当年也就是个跟在首长屁股后面跑事的“小鬼”。不过眼下他可没有“小鬼”的可爱。最突出的，就是他极尊贵地挺出个圆滚滚的肚子。关于郎副团长的肚子，团里流传一段“轶闻”：说有次郎副团长到澡堂洗澡，洗洗累了，叫勤务兵搬张躺椅来。他将毛巾搭在下腹处，“哎哟”一声躺下休息；再起身时，发现毛巾不见了，就问勤务兵。勤务兵忙双手抬起他的肚子，抽出压在下面的毛巾，说：“不是在这么？”

郎副团长的肚子自然是吃出来的。起码他每次到了七连，都少不得要闹顿好的吃。在农场生产时，有天傍晚收工后，郎副团长扭着鸭子步路过七连驻地。小杨从窗户里眼瞅着他停下脚步，想了想脱下鞋，在水渠里涮涮脚。然后他赤着沾满泥水的脚，一手一只提着两只凉鞋，做出刚从稻田里视察路过的样子，摇摇摆摆地往七连连部来了。

连长赵大江忙不迭迎接首长光临，请他吃过饭再走。郎副团长仰天大笑道：“哈哈哈，好嘛好嘛！我们团部警卫班，今天晚上正在给大家包饺子吃哟，哈哈哈！”赵大江心领神会，叫小杨去传令，叫炊事班马上包饺子，送到连部来。郎副团长吃着饺子，再吩咐赵大江：“要多关心同志们的生活。改善伙食也可以就地取材嘛。你们连有这么多稻田，可以发动战士去抓些泥鳅、鳝鱼来吃嘛。这个东西有营养哟！”赵大江认真落实，第二天命令弟兄们在午休时间，统统下田去掏鳝鱼、抓泥鳅，下午就给郎副团长送了一大桶鳝鱼去。

根据既往的经验，郎副团长出现在哪个连，必是那个连的工作要出成绩了，需要为“领导亲自抓的典型”来打下事实基础。郎副团长的习惯，是见到连队士兵的第一句话，必是关切地问：“同志们累不累呀?”弟兄们当然回答：“不累！”郎副团长就会实事求是地纠正：“不累是假的。但是，我们革命战士，就是不怕累！”然后在连里转来转去，找出些问题批评指正，提出些更高标准要求连队做到。所以各连的连部人员私下都说：不怕紧集集合号，就怕郎副团长大驾到。郎副团长到了哪个连，哪个连准得让他给“整治”一下。

去年农场插秧任务即将结束时，郎副团长听说七连的机械化插秧试验成功，就跑来了。他给找出的问题是，连队生产作业没有体现出部队作风；要求七连把一千多亩稻田的田埂，全部用稀泥抹得一线笔直、溜光水滑。把弟兄们累得够呛还不算完，当天半夜，他又给七连来了次紧急集合，说是要检验一下连队的战备观念牢固不牢固。其后在团里工作总结会上，郎副团长将七连作为自己抓的典型，赞扬一番，说这个连队的作风养成抓得紧，抓得及时。只有这样作风过硬的连队，才能克服一切困难，保证完成上级交给的任务。

七连连部人员中，通讯员小杨对郎副团长最为反感，一直有耿耿于怀的小怨恨。小杨的家在县城，本不一定要到部队来吃这份苦。郎副团长接新兵到了县城，小杨跑去问郎副团长："你们是哪里的部队？"郎副团长操着山西口音道："北京部队嘛！"小杨一听，哇！马上联想到雄伟壮丽的天安门，心仪得不行；再问是什么兵种？郎副团长甩着乡音道："庄稼兵嘛。"小杨听是"装甲兵"！拿定主意，闹死闹活要跟上走，差点儿没当场咬破手指写血书。

到了部队小杨才知道：原来是北京军区部队、种庄稼的兵。可人家首长说得没错，是你自己听错了，怨得着谁？但小杨还是对郎副团长怀有怨恨，坚持认定他就是在成心骗自己。加之这次搬家回营房，连里的义犬"黑子"又是惨死在郎副团长枪下，这就更让小杨和连部的士兵们，对郎副团长保持着一份"同仇敌忾"的抵触情绪。

凌晨一点钟，连长赵大江在酣梦中被摇醒。郎副团长的勤务兵送来紧急通知：命令七连紧急集合，跑步到营房大门口领受任务。

尖利的紧急集合号声撕开了军营的寂静。被惊醒的弟兄们在懵懂中猝然起身，撑起疲惫的身体穿衣服打背包。弟兄们去武器室取了枪，全副武装跑出宿舍列队。然后昏头昏脑地跟着赵大江，拖着胀痛的四肢，磕磕绊绊地跑步到军营大门口。

远远就见军营门口的灯光下，郎副团长背着双手，像很不耐烦地在来回踱步。赵大江整过队列，跑到郎副团长面前报告：七连奉命赶到，请首长指示下一步任务。

郎副团长傲然抬起手腕，看看手表道：“从紧急集合号响起，已经过了五分半钟！你们连是怎么搞的？比过去慢了几十秒，而且队伍拖拖拉拉。这个样子，怎么接受任务，啊？”

七连的官兵听了这番训斥，心里这个气呀！

紧急集合是干啥的？那是在战争年代部队没有强大的后勤，又一直在运动中作战，当然要练就紧急集合的本事，以备紧急情况下遭敌的突袭转移。如今咱是国防军，还有那半夜让人家堵上门打的可能么？就算有，也是抄家伙跟他干呗！部队行装的事情，有后勤部门负责料理么。谁不知道呀？如今这“紧急集合”早演变成变相“修理”弟兄们的方式。可眼下弟兄们都累成这样子了，第二天的训练任务又那么重，您“整治”我们干啥？

赵大江遭了团首长的训斥，只得下令，要七连全体就地整理行装和武器。弟兄们嘴里小声嘟囔着，卸下行装来重新打理一番。

人心里要是憋了邪火，必会跟着憋出邪招儿。徐小斌不满地瞟了郎副团长，忽然脑筋一转来了主意。他悄悄让身边弟兄传下话去：待会儿呀，咱们这么着……

赵大江再次整队报告。郎副团长到队列前，极具气势地大声问：“同志们！累不累呀？”

徐小斌带头大声喊：“累！”有人敢带坏头儿，弟兄们就都积极唱和。“累！真累呀！”弟兄们纷纷乱喊：“累死他大爷啦！”

“嗯？”郎副团长寻着第一声回答，瞪眼望向徐小斌；再听见全是这种意想不到的回答，乱了方寸。他一时语塞，不知如何将老套路继续下去：“啊？……啊。累就累嘛！”

队伍里发出一片得意的“嘿嘿”坏笑。

“笑什么笑？”郎副团长厉声喝止。他已找回状态，再板起面孔找出问题，严厉批评：“这是什么作风，啊？团里搞次紧急集合，你们就有不满情绪？近战夜战，利用黑夜袭击敌人，是我军传统战法，不能丢！当兵的，就要时刻有敌情观念，睡觉也睁一只眼睛。你们看看你们？夜间行动，胳膊上连条白毛巾都不扎，怎么保持前后联络，啊？”

徐小斌在队伍里小声嘀咕：“还什么近战夜战？人家外国军队早就装备了远红外夜视仪，隔着几公里远就早被发现了。”

郎副团长听到，棱起眼睛一横徐小斌：“谁在说话，啊？有胆量站出来说！”

徐小斌脖子一梗梗：“我。”

“出列！给我站到那边去！”郎副团长抬手一指，愤怒地下令。

徐小斌倔倔地出列，站到队列外。

赵大江气得瞪眼，深恨这小子“杠头”不懂事；倒是贺鹏举看着，忍不住抿嘴想笑。

郎副团长仍不解气，对徐小斌下命令：“你站好，给我立正站着！你个小文书的，我说一句你顶一句，还反了你了？给我老老实实罚站，好好反省！没我的命令不许离开！"

徐小斌的胡闹，败了郎副团长兴致，再训示几句就草草收场，叫赵大江带队伍回去。

连队走了。军营门口的灯光里，只剩徐小斌孤零零的身影。营门口的哨兵朝他扮鬼脸儿。他却依然倔生生地立正站在原地，一副冻死不低头的样子。

贺鹏举从黑暗中走出来，到徐小斌面前："好啦！还不回去睡觉，想在这儿站到天亮？"

徐小斌闭嘴不说话。贺鹏举伸出手掌，推他趔趄了几步，见徐小斌又站住了，就拍着他脑袋说："走吧你，犯什么倔呀？个傻小子。明天好好写份检查，送上去就是了。"

"就不写！"徐小斌不情愿地迈步，嘴里死硬："我说的又没错，凭什么写啊？"

"你怎么没错？"贺鹏举正色地批评："部队的纪律你不懂？首长在前面讲话，你在下面接话茬儿、讲怪话，这叫没错儿？"

徐小斌不再吭声，跟在贺鹏举后面怏怏而行。

"你呀，小斌。"贺鹏举想着叹息道："就你这个任性行事的脾气，怎么能当好一名合格的军人？你是要下决心改掉这个坏毛病了。"

"是。"徐小斌小声应了。想了想他抬起头说："贺副参谋长。其实我刚才是在想，咱们部队要老是这样下去，恐怕也不行吧？"

"哦？怎么叫老是这样下去？"

徐小斌道："回营房训练我才知道，原来当兵打仗有那么多学问啊。这一段我从《参考消息》上，留意搜集了有关外国军队情况的资料。我觉得咱们部队就凭眼下这装备、这训练素质，真要上了战场肯定得吃大亏呀！”

“嚯？你这个小脑瓜儿里，还真挺琢磨事儿嘛！”贺鹏举扭回头，对他刮目相看：“你这个想法有道理。咱们军队确实是不能总是靠着‘小米加步枪’这老一套了。现代化的军队，必须要拥有和掌握现代化的武器装备。”

“是吧？”徐小斌的神情有了些得意。

“小斌呀，你这种想法很好。既然有这想法，就该下决心，准备将来报考军校去深造。”

徐小斌问：“现在军校招生么？”

“军校是早晚要恢复的。大学不是已经复课，在接收工农兵学员么？”贺鹏举鼓励道：“机会只眷顾有准备的人。小斌，你好好提前准备功课，争取将来考上军校。我们这代军人已经是落伍了，兴许你们这一代军人，能赶上部队现代化的好时候！”

当天上午，徐小斌没有随连队去训练场。他跟着贺鹏举在连部绘制《连进攻作战示意图》，以备在演习前作汇报讲解用。

到了中午训练结束，通讯员小杨第一个兴冲冲地回到连部。连里已经决定，要提拔他到四班担任班长，毛牛任副班长跟他配合。小杨近来很是兴奋，一直一次课不落地跟着连队参加训练，免得下到班里让人家说他军事技术不行。

小杨进到屋里，边解武装带边讲笑话：“哎，文书。今天上午‘老狼’出大洋相了哎！”

徐小斌好奇地问：“出啥洋相啦？”

小杨说：“‘老狼’今天上午光挑咱连的不是。说咱们冲锋时喊的口号不规范。冲锋的时候，哪能谁都喊‘冲啊’、‘杀啊’的？‘冲啊’是命令，只能由指挥员喊。战士在冲锋时，只能喊‘杀啊’，‘缴枪不杀’这些口号。”

徐小斌撇嘴：“瞎掰！打起仗来，喊啥不行？”回头印证地问贺鹏举：“我说的对吧？”

贺鹏举不置可否地笑笑。

小杨接着说：“就是嘛！后来他又说弟兄们匍匐前进的动作不对，姿势太高；应当四肢着地往前爬。弟兄们就说：请郎副团长给我们做个示范吧。‘老狼’没招儿了，就趴在地上做示范。结果他的大肚子顶得四肢够不着地，胳膊腿儿紧刨地扑腾了半天，不但没前进，反而像个陀螺似的掉转一百八十度，头朝后转了半圈……”

“哈哈哈！”小杨边说边恶意丑化地表演，让贺鹏举和徐小斌都憋不住大笑起来。

“去你的，臭小子！”徐小斌指着小杨笑骂：“你别瞎编排人家领导啊！今天早上的事儿，咱连长还没跟我算账呢。你就别再给咱连部的人添罪过啦！想害死我呀？”

“害死哪个啊？”赵大江推门进来，听到个话尾问。

徐小斌忙打岔说：“说他想害死我呗。我不是早上犯错误了么。”

“晓得就好！”赵大江瞪他，又接上念头对贺鹏举道：“贺副参谋长，连里出了点问题。有些战士得了夜盲症，晚上眼睛看不清楚；还有的下面烂起蛋皮，走路侉起侉起的。”

贺鹏举说：“那是得了阴囊炎。”

赵大江问：“这是咋个搞的嘛？”

贺鹏举说："大概是这一段训练量太大。战士们营养有些跟不上，缺乏维生素造成的。"

赵大江问："那咋个办嘛？"

"这倒是个问题。冬天里蔬菜，只有萝卜白菜。"贺鹏举想着道。"对了，可以给战士们吃些胡萝卜。这东西维生素含量高。"

"好嘛、好嘛！"赵大江连连点头。"那就到市里面去买些来吃。马上就过年了。过了年就要搞演习，这个事情要赶快办。"

徐小斌灵机一动，忙抓住机会说："连长，这事儿我去办吧。胡璎日那小子住院了，炊事班的人又都没去过市里。"

赵大江想想点头，对徐小斌说："要得。那你吃了午饭就走，明天上午赶回来。哦，你记到，代表连里去医院看望下胡璎日。"

胡璎日因公负伤，正孤独地躺在陆军二五五野战医院里养伤。

上个周日，贺鹏举领着帮弟兄们到操场上，朝着两条石灰线标示出的"战壕"练投手榴弹。胡璎日也跟了来凑热闹，要练两下子。弟兄们都笑话他肯定投不中。胡璎日发狠，说："今儿个俺就算扔折了胳膊，也要扔妥在那里边。"贺鹏举忙警告他："你可不要来蛮的，真有可能扔折了胳膊上的小骨头！"胡璎日没在意。他憋足了狠劲，拼尽全力一拧胳膊，将手榴弹扔了出去。只听一声清脆的"嘎巴"声，胡璎日当即被手臂上的剧痛扯得龇牙咧嘴，抱着肘关节蹲在地上。可巧的寸劲儿，他真就把臂肘处的骨头给扔折了。

早上七点多钟，徐小斌躲过外科病房的值班护士，找到这间位于楼道拐弯处的单人小病房。他从房门上的监护窗向里窥见了胡璎日，悄悄推开房门。

走进房间，徐小斌便感觉到这里有种与军营全然不同的异样。同样是清理得很利落的房间，军营宿舍给人的感觉是硬朗干脆得缺滋寡味；而这里却在干净整洁中，隐隐透出一种异性所特有的淡淡温馨。像那窗台上摆放的一盆文竹，床头柜的饭盆和勺子上盖着的一方小毛巾，茶缸中盛着的半缸开水，都在不经意间散发出一种精心和关爱。这让久违世俗生活的徐小斌陡生羡慕和妒意。

徐小斌向躺在床上出神的胡璎日骂道：“你个该日的，够滋润的啊！过上天天‘粘糖纸’的日子了吧？哈哈。”

此话是有典故的。

胡璎日刚被提拔为“上士”时，连队到军垦农场去看露天电影，胡璎日坐在连队最后一个。在整个军垦农场的部队中，只有师卫生科设在农场的一个卫生所里，有四个女卫生兵。那是万绿丛中的四枝“花”，在农场里金贵得不可一世！电影开演后，四个姗姗来迟的女兵就坐在了胡璎日身后。得此荣幸的胡璎日顿时浑身不自在，心头“突突”跳个不停。他悄悄回头，见女兵们嘴里裹动着，在向他嫣然俏笑，便心中预感会有好事儿发生吧？

果然，不一会儿他的后背给人温柔地轻拍一下。胡璎日周身“唰”地过电，当即酥了半边，却是一动不敢动，只埋头享受着那身心受用的颤抖和激动。一会儿，背上再被来了那么一下，一会儿又来了……胡璎日想入非非。电影是看不成了，他自己在脑子里开始充当编剧，罗织童话般美丽的爱情故事。到他晕乎乎地回到连队宿舍，站到灯光下，炊事班的人都惊诧地围在他背后看。他才知道，那四个臭丫头是吃一颗糖，在他背上拍上一张糖纸。他的背上被糖纸粘满了！

胡璎日听到话音，猛然回过头来。见徐小斌进来，他却没表现出惊喜和兴奋，只好奇怪地问："咦？徐哥们儿，你咋来啦？啥时候到的？"神色间郁郁寡欢。

"我昨天晚上到的市里。弟兄们身体里缺维生素了，连里让我来买胡萝卜的。"徐小斌一屁股坐到床边。只几日不见，徐小斌要说的话仿佛有了堆积感。他拉开了话匣子说个不停："你胳膊咋样了，还疼么？哦，我这也是代表连里来看你的。其实就是连长不说，我也肯定要来看看你。对了，昨天晚上我在市里转来转去的，就愣没见着有卖肉菜的饭馆。好歹算找到一家有猪肉饺子卖，人家看在解放军份儿上，优待我一斤水饺。我专门给你留了一缸子带来呢。"他取出挎包里的军用茶缸。里面塞的满是冻得硬梆梆的水饺。

胡璎日下意识地捂了手臂上打着的石膏，皱皱眉头应道："还好，不太疼了。"又关心地问："胡萝卜买到了？"

"那当然，哥们儿马到成功！买了一千斤，送货的马车清早走了，赶九点的长途车回去。"徐小斌四下看看："你这儿有热水么？这饺子冻硬了，给你烫烫吃。哦，有暖水壶。"

胡璎日忙拦他："你别忙了。坐着说会儿话吧，徐哥们儿。"

"边吃边说嘛！瞧见没有，哥们儿我吃啥不是先想着你？"徐小斌边说边提起暖水壶。

“还是抓紧说会儿话吧。”胡璎日担心道。“没到探视时间，护士会赶你走的。俺这病房的护士，是你们北京的姐们儿，厉害得邪乎！”

“什么北京姐们儿？不就是一兵妞儿么。兵妞的名字叫‘解闷儿’！邪乎啥呀她？战争让女人走开！”徐小斌在洗手池边用开水一道道烫着冻饺子，嘴里的话更狂得没边：“你把她叫来，哥们我儿拍丫的‘婆子’（北京人将主动上前交女朋友叫“拍婆子”）！”

“咦！吹吧你。”胡璎日撇嘴：“你可拿她解不了闷儿。”

说着话，徐小斌烫热了水饺端过来，拿了床头柜上的勺子来喂胡璎日。

胡璎日欠起身，接过勺子说：“我自己来。”他连着塞进嘴里两个饺子，嚼着道：“嗯！净是猪油。哪儿赶上咱连的饺子好吃。”

徐小斌这才看出他心情不好，关心地问：“哎，我说。你是咋啦，这么愁眉苦脸的？”

“没啥。”

“什么没啥？瞧你那样儿。是不是胳膊上的伤有问题呀？”

“问题倒没啥。可听医生说，我这胳膊落下了毛病，再也不能做剧烈运动了。这样我、我不就在部队干不长了么？”胡璎日忧虑道。

“嗨！这你甭担心，没事儿。”徐小斌大大咧咧：“不能做剧烈运动，你就专做后勤呗！”他突发灵感地睁大眼睛，认真道：“还真是的哎，你可以准备将来报考军队后勤学院么。”

"哎，我跟你说。我已经下定决心了，将来要报考陆军学院。贺副参谋长说了，军校很快会恢复招生的。你也可以先提前准备功课，好报考部队的后勤学院呀！"

"后勤学院？"胡璎日困惑地问。

"是啊。这你就不懂了吧？现代战争，多一半打的是后勤！像抗美援朝的时候，咱们部队吃亏就吃在后勤保障跟不上！"

"是啊？"

"当然！"徐小斌凑过脑袋去，急急向胡璎日展示自己新长的学问："我这一段跟着贺副参谋长，可没少长见识。我这才知道，当步兵不但是要熟练掌握各种武器，其他什么图上作业、各种作战战术啥的，该懂的东西多了去了。而且感情真要打起仗来，咱步兵才是老大！啥空军、炮兵、坦克、空降兵的，全得配合步兵作战。这年头讲究的是合成军种联合作战嘛！这里面的学问可大了。而且打起仗来每一步的作战布置，全得精心设计、精确计算到秒！一个配合不到，那损失会非常非常惨重。"

"是么？"胡璎日也来了兴趣。

"你瞧，我骗你干嘛？说实在的，要论起这一套来，哥们你现在就属于比较'臭大粪'了。"徐小斌开始吹牛："贺副参谋长还专门给我讲过战例。说咱们军队第一次海陆空联合作战，是攻打国民党的一江山岛。那次仗打得特来劲……"

"嘿！嘿！那个小当兵的，你是哪的呀你？"背后传来不友好的质问。

徐小斌回头，见一位女兵站在门口，瞪大眼睛在喝斥自己。正侃到兴头上被人无端搅了，徐小斌很是不悦，冲口道：“你管得着我是哪的么？我来看我们连的病号！”

“看病号？看病号也得到九点钟的探视时间！”那女兵板起脸。当时部队的女兵凤毛麟角，又大多是出身将门的“后门兵”，自我感觉不同凡响，说话全是颐指气使惯了的口吻。那女兵态度冷傲地扬头，神气活现地下令：“谁让你进来的？出去！”

徐小斌能吃这套？他回头看一眼胡璎日，意思问：就是她吧？胡璎日撇嘴点点头。徐小斌马上瞪起眼睛，口出不逊：“说谁呐你？哟呵！你个小新兵蛋子的，够狂的呀？拿几块钱呀你，胆敢跟我这么说话？”

“你拿几块钱？”女兵反问。

当时战士每月的津贴费，是当兵第一年六块钱，第二年七块钱，第三年八块钱。徐小斌虽然已经进入当兵第三个年头，但要到三月份才能改拿八块。遗憾他在仓促间搞忘了今年新兵还在新兵连，他自己仍然是个没有新兵垫底儿的“老新兵蛋子”。

徐小斌自豪地一拍胸脯，竖起大拇指：“老子拿七块！怎么着吧？”

“老子拿七块七！”那女兵比他更神气地也挑起大拇指。

“七、七块七？”徐小斌闻听给闹糊涂了：没听说过呀，怎么还有整有零的？

“连这都不懂？”那女兵看徐小斌的傻样儿，也傲得没边儿了。她强抿着嘴一指门外，下令：“你个小新兵蛋子的，出去！”

“得，您厉害！”当兵给“潜规则”成了习惯；谁让咱比人家拿钱少。徐小斌稀里糊涂地起身，向外挪动着脚步(几年后他打听到，原来那七毛钱是给女兵发的卫生费)。

徐小斌不情愿地走到门口。他不甘心地回头望望床上的胡璎日，想再找点儿辙："那，那我就去赶长途车啦?"

没想到这个"该日的"混蛋！不但不帮着说句话。居然还挤眼儿重复着徐小斌的话："'解闷儿'，嘻嘻"，还直个劲朝天蹬腿儿地笑歪了！

那女兵在徐小斌背后，一点儿也不"优待俘虏"，照着后腰搡他一把："快走吧你！废什么话呀，你个新兵蛋子！"

徐小斌这一车胡萝卜买回去可好！七连的弟兄们在整个春节期间，算是掉进了"胡萝卜阵"。早午晚三顿，顿顿不离胡萝卜：炒胡萝卜、熬胡萝卜、拌胡萝卜、猪肉炖胡萝卜、咸鱼烩胡萝卜。直吃到全连人甭管是放屁还是打嗝，冒出来全是胡萝卜的"红烟儿"。

春节过去，年初四下午，七连的连进攻战术演习在野战训练场隆重上演了。

冬日的野战训练场上空旷、平静而肃穆，被过午的阳光照耀得格外清晰，训练场顶端的"玻璃角山"昂然高耸。山脚下高地上，假设为"敌方"核心防御工事的三个碉堡被插上标志。碉堡前方重新修复出"敌方"防御战壕，战壕中树立着十个乌黑的半身钢靶。战壕前沿设置着一带抵御进攻的铁丝网和鹿砦。

训练场向阳一侧的山丘上，临时设立的演习观摩台十分简捷。只摆了一溜儿师团首长坐下观看的桌椅，作为观摩的首长席。全师近百名连以上单位前来观摩的军官们，静静聚集站立在首长席后面，等待演习开始。首长席的一侧，是演习指挥部。

训练场另一端，休过三天年假的七连已经列队集结，精神抖擞地枕戈待命。

今天演习的主攻任务由二排担任，三排作为预备队。一排长带领一排从侧翼穿插到"敌方"防御阵地的后侧，实施料敌后路打歼灭战的战术意图。一排的兵员全部补充到二排充实兵力，连队三个机枪班的六挺轻机枪，四排的三个四零火箭筒班，全部配备给主攻二排加强火力。唯有六零迫击炮班没任务，为防止发生误炸的意外事故，这几个弟兄只好坐在后面"看画儿"。

连长赵大江不仅是一线指挥员，还亲自担任了二排的作战指挥任务。二排长则临时代理四班长，负责阵前指挥作为"尖刀班"的四班。刚任命为四班长的小杨，在演习指挥部负责通讯联络。任命为四班副的毛牛，受命担任第一突击小组组长。

经过贺鹏举的重点培养，毛牛不仅成了全连公认的"第一枪手"，而且已被选进师里新组建的射击队，准备参加今年军里将要举行的军体运动会射击比赛。

担任演习总指挥的郎副团长站在指挥台前。他旁边是副总指挥，也是演习的实际导演贺鹏举副参谋长。徐小斌蹲在贺鹏举身后，负责操纵两台手摇式发电的演习烟火遥控装置。贺鹏举说，演习也是演戏，必须要把战场上的声光效果搞得跟真的似的，才能让观摩的人们看得过瘾。徐小斌便按照贺鹏举的设计图，预先精心布置好烟雾弹和炸药包的炸点。担任通讯联络的小杨，则笔直地站在土丘一侧的高坡上，等待着向连队传递演习命令。

到了十四点三十分的预定时间。郎副团长看过手表，对徐小斌下达第一道命令："演习开始。施放战场烟火。"

徐小斌急速摇动一台遥控装置发电，按下点火手闸，引燃遍布"战场"的烟雾弹。整个"战场"顿时狼烟升腾、硝烟弥漫，装点出一派"战争"气氛。

郎副团长再向远处的小杨挥手，下达第二道命令："进攻部队展开行动！"

小杨得令。他转身向着七连集结方向，双手舞动传令旗，用旗语传达出命令。

赵大江领命，向连队大声道："同志们！演习开始。全连按照预定作战方案，迅速穿越开阔地，占领前方冲击出发阵地。"他手中的指挥旗向前一摆，厉声下达命令："出发！"

全连几十名弟兄无声无息地迅即散开，变作几簇离弦的箭头，向前方开阔地两侧展开行动。他们依然沿用传统的"三三制"进攻战术编队，即：一个班分为三个战斗小组，每组三人，三个战斗小组呈"品"字形展开战术动作；各小组间相互呼应，利用地形地物掩护，轮番冲击跃进。

经过传统步兵战术专家贺鹏举的调教，七连的战术素质有了突飞猛进的提高。短短三两分钟的穿越开阔地，他们做出的战术动作准确凶猛，果断隐蔽；战术队形保持得紧凑有序。场边观摩者直看得纷纷咂舌，暗暗称奇：七连如何变得能做出如此漂亮的战术动作？转眼间，主攻部队已经悄然到达了距离"敌方"主阵地二百米处的冲击出发阵地。

这处作为二次集结的冲击出发阵地，是一道便于隐蔽的高坎。各战斗小组依次到达后，自觉隐伏在各自的位置上，开始用短锹作业，构筑射击作战的掩蔽工事。六挺轻机枪迅速架起在三个火力点上，准备为下一步的进攻行动交织出火力网作掩护。

赵大江见进攻准备工作就绪，命令通讯员向指挥部报告。

通讯员取出联络用的小喇叭，吹出“咩咩”的暗语，向指挥部请示下一步的行动。

郎副团长接到小杨的转译报告后，挥起右手向下一切，下令：“总攻行动开始！”

小杨举起信号枪。“啪！啪！”两颗红色信号弹冲天而起。

徐小斌急摇另一台控制装置的发电手柄，随即按下了控制炸点的点火手闸。

“咣、咣、咣！”“敌方”防御阵地上，炸响起一片象征我方炮火疾袭的爆炸声。

随着爆炸点“炮火延伸射击”推进，七连的六挺轻机枪同时发出疾风骤雨般的扫射。

紧接着就见冲击出发阵地上，突然跃出一点绿色身影。他是担任第一突击组组长的毛牛。远远地，就见他手持一根爆破筒，像只扑向猎物的狸猫般时而跃起，时而滚进地冲到铁丝网前。不待停顿，就见他向后翻身，滚进附近一处浅坑。

“轰！”爆破筒爆出震耳欲聋的巨响，铁丝网和鹿砦被撕开了几米宽的豁口。

毛牛率领第一突击小组迅即跃起，突入“敌方”阵地前沿。跟进的各战斗组鱼贯而入，迅速通过豁口处，在

“敌方”战壕前几十米处卧倒，做最后冲击前的准备。

赵大江扫视过部队准备情况，大声下令：“火箭筒班，打掉敌人火力点！”

九支四零火箭筒的尾部，几乎在同一时间喷发出浓烟烈火。九颗火箭弹在空中划出的啸音，分别飞向三座“敌方”碉堡。

随着火箭弹击中碉堡的爆炸声，赵大江举旗下令：“机枪掩护！司号员，吹冲锋号！”

爆豆般的机枪声、激昂的冲锋号声同时响起。赵大江大吼一声：“同志们冲啊！”

在一片喊杀声中，七连的兵们纷纷跃起，边向前发起冲锋，边向“敌方”的防御战壕中投出手榴弹。与此同时，冲在前突位置上的毛牛和同组的另两人举枪。“啪、啪、啪”枪声响处，战壕中树立的十只钢靶应声“铛铛”落地。

这一连串行进间做出的攻击动作，配合得环环相扣，紧密衔接，恰似在流畅地奏响一段“嘈嘈切切”的急板。

刹时间，只见七连的战士们已如狂飙般从防御战壕上席卷而过，全部占领了“敌方”的防御阵地。高地的上空，传出一阵阵弟兄们完成演习任务的欢呼声。

赵大江带领连队，跑步返回到演习观摩台前方。他整过队列，转身向已经站起身的师长报告：“七九一团七连连进攻战术演习结束。请首长指示。”

“好！”师长大声道。他转回身，对站在身后的师作训科赵科长说：“拿过来。”

赵科长将手中的旗杆迎风一挥，抖开一面红色的大旗。那红旗在山风的鼓荡下猎猎飞扬，展出上面五个金色大字：

“训练先行连”！赵科长手擎红旗向前，递给师长。

师长接过红旗，转身授给赵大江：“师里把这面红旗，发给你们七连。这是师里交给你们的任务，也是授给你们连队的荣誉！你们连要打着这面红旗，完成好训练先行任务。”又转身对军官们道：“你们有哪个不服气的，就来从他们手里夺嘛！”

军官们报之以热烈的掌声。

赵大江心情激动。他在掌声中再向师长庄严敬礼，郑重地双手接过红旗。

赵大江手握红旗向一侧转身。他向着站在指挥台边的郎副团长和贺副参谋长，凝神注目；再腾出右手，由衷感激地向他们致以军人的敬礼！

七连礼貌地等待观摩者们走了，才打着红旗，一路高歌地回营房。

副参谋长贺鹏举走在最后。他解下武装带，抽打过裤角上的尘土。望着七连意兴昂扬的背影，他不觉微微苦笑一下，暗自摇摇头。

收拾过器材跟上来的徐小斌见了，不解地问：“贺副参谋长，你是不太满意么？是不是我们连今天的演习，有什么地方做得不好？”

贺鹏举摆摆手，见徐小斌还在盯着他看，长吁口气道：“演习啊！呵呵，排练得再完美的演习，说到底也还是一次‘玩打仗’哦！呵呵，‘血染战旗红’。和平环境这么长时间了，咱们军队呀，必须要重新经历战争的洗礼，‘八一军旗’才会重现辉煌啊！”

十二、连支部的党员发展会

演习结束的当晚，七连党支部召开了今年第一次党员发展会。

按照当时部队党建工作原则，连队党员数量，一般控制在全连人数的三分之一左右。老兵复员后，七连的党员减少到只剩十几名。这次党支部在连队骨干中，准备发展三名新党员，其中包括文书徐小斌。

对解决徐小斌的组织问题，老营长孙福林一直很关心。他几次说过：文书管着连队的档案，又要做支部会记录，怎么能不是党员呢？但赵大江一直感到徐小斌入党的条件不成熟，就以他未年满十八岁，不符合入党条件为由拖了下来。眼下徐小斌即将年满十八周岁，连队的工作也确实需要，便考虑在这次会上解决。

连队的会议室已不同于刚回营房时的面貌。那些带有政治运动色彩的标语口号已不再，取而代之的，是体现军队紧张作风的装饰。会议室两侧墙上，一边一幅张贴着贺鹏举手书《十大军事原则》和《三大纪律八项注意》的墨宝。那笔整齐刚正，饱满劲遒的隶书，力透纸背，彰显出警示和威严。会议室正中是毛主席画像。今晚在画像一侧，加挂了

“镰刀斧头”的党旗，给会场再添了凝重和庄严。

长会议桌首席，端坐着代理党支部书记赵大江；两侧坐的党员，大都是连里的班排长。他们一改往日参加会议抽着烟说笑的常态，人人都严肃认真地不苟言笑。会议桌尾端，坐了徐小斌等三名入党申请人。他们都微垂下头，怀着紧张忐忑的心情，等待着命运的裁决。

主持人赵大江宣布会议开始。先由三个入党申请人宣读各自的《入党志愿书》，然后会议进入讨论发言阶段。发展党员是经各党小组讨论过的，所以党员们发言便没了新意，都只说些无关痛痒的优缺点，表示同意发展这三个同志入党。赵大江听着便生不满，觉得这个会开得像“温吞水”，毫无思想交锋的斗争性。

赵大江开口：“我讲两句。党员发展会，也是一次至关重要的党内思想交锋，应当本着对申请入党同志负责的态度。党内会议都不能开展批评与自我批评，那党支部的战斗堡垒作用在哪里？所以，我作为连部党小组成员，要在这个会上对徐小斌同志的问题讲点意见。”

“徐小斌同志，我问你：你为啥子要在营房门口站岗时，打人家老百姓？”

“我？”徐小斌脑袋“嗡”的一下，涨得斗大。他想不到这件事情连长也知道了，而且单放到这个会上作为问题当众摆出来。他低下头支吾道：“我、我错了。”

赵大江厉声追问：“错了？呵！你错在哪里？”

徐小斌确实是在执勤时动手打过老百姓。

自从当兵到了部队，徐小斌的心中就一直装了“我为祖国站岗放哨”的满怀豪情。他认为军人昂首挺胸，手持上刺刀的步枪站在哨位上，是最威风凛凛的形象。所以连队回到营房，他就总想去哨位上过过瘾。那天得闲，又赶上该毛牛站岗，就自告奋勇代他站一班。

站到哨位上的徐小斌，顿感自己十分有英雄气概。可惜营房内外静悄悄的，既没有人来欣赏他的英姿，也不会有敬佩的目光和喝彩声。落寞啊！正自百无聊赖，可巧见营房外晃晃荡荡地走来一个人。徐小斌立马来了神儿，滋生出无事生非的潜意识。

那人走近营门。只见这是个十六七岁牲性的半大小子，生得身高体胖，肥头大耳；脸上挂出一副自命不凡、蔑视一切的神态。他不屑一顾地瞟下哨位上的徐小斌，便大摇大摆地往里走。徐小斌遭受挑衅心生歹意，想着要好好刁难一下他。

“站住！”徐小斌大声喝道。

那小子理都不理，径自晃着往前走。

徐小斌跨步上前，一把薅住他往后一甩，厉声骂道：“嘿？叫你站住听见没有？你他妈是哪儿的呀你，就敢往军营里闯?”

那半大小子被甩了个趔趄。他见徐小斌一副凶巴巴的样子不敢还手，就破口骂道：“你他妈管得着我么？你个傻大兵!”

“你骂谁?”徐小斌火了。

“我骂你！就骂你个傻大兵了，怎么着?”那小子嘴上挺横。

“我他妈抽你！”

“你也得敢！”那小子冲上前，对着徐小斌的脸瞪眼睛，叫道：“我爸爸是这里的团长！我借你俩胆儿。你个臭当兵的，敢抽我？”

徐小斌哪儿信这个：“呵操！我抽的就是团长的儿子！”

“啪”的一记脆响，徐小斌抡圆了胳膊，狠狠抽了他一记耳光。

赵大江见徐小斌低了头不吭声，开始对他“残酷斗争，无情打击”：“徐小斌同志。我不管他是谁的儿子，也不管他当时的态度，他是个老百姓，你是个军人！部队里是咋个教育你的？打不还手，骂不还口。你当兵的打人家老百姓，就是你不对！你凭啥子敢耍威风，是凭着手里有枪？有枪就可以欺负老百姓，那是兵痞！

“还有。你讲你打的就是团长的儿子。好大的口气！凭啥子？就凭你老子官比团长大？那能算是你个人的本事大？狂妄！你以为我连长好喜欢你有性格是不是？我顶讨嫌你的，就是你这个不知天高地厚的样子！

“平日里，你是哪个都敢顶，对哪个都不服气！好像天是老大，你就是老二。你有啥子好本事嘛？不要自认为有好了不起，处处都高人一等。你老子官大，就比别个有特权？要做一个合格的军人，首先就必须要品行端正。细微之处看作风。你既然要到部队里来当兵，就要好生当，要老老实实地做人！你晓不晓得？”

徐小斌被批得满脸涨红，他小声应了，再紧紧埋下头。

“再有。我看徐小斌同志的作风平日里就很不怎么样，吊儿郎当，满不在乎。军人反对‘三手’：袖手、背手、抄手，你不是不晓得。可你那个手，平日里硬是要抄在裤子口袋里面走路；还喜欢同人勾肩搭背，喊啥子‘哥们儿’。这里是部队！不是你搞江湖上那一套，兄弟伙儿们拜把子的地方！我看你呀，你简直就是个北京城里的那种流氓！张口闭口就讲‘操’，动不动就称自己是‘老子’，这是啥子作风，哪里有革命军人味道?”

赵大江这一通毫不留情的“热水澡”，直烫得徐小斌掉了眼泪。

支部书记带头，会议的主流自然改变了。党员们再发言，也是对三个新党员不留情面地一通臭批！把他们平日里芝麻粒儿大的缺点也翻了出来，照着心窝子可劲儿地“触及灵魂”。不过这样也对，不趁着他们此时只能乖乖听训斥的时候狠狠地整上一顿，以后还有这样让他们虚心听取意见、决心痛改前非的机会么?

批归批。到了最后表决举手时，支部大会还是全票通过了三个人的入党申请。

会议结束前，作为主持人的赵大江又语重心长地道：“今天支部大会同意你们三位同志加入党组织的申请，这是对你们的鼓励和鞭策。我请你们三位同志记住一条：做一名共产党员，就是要为理想奋斗一辈子！做共产党员、革命军人，永远都不要忘记：全心全意为人民服务，是我们这个党、这支军队的根本宗旨。我希望你们三位新党员，都能按一名共产党员的标准要求自己，自觉维护这份荣誉，一辈子都不要让人家在背后戳你的脊梁骨！”

春天的阳光照耀着群山，也照耀着这座深山中的军营。军营中白杨树的枝条上，新叶苞蕾正冒出嫩绿新芽。它昭示寒冬已然退去，此时正是万物向荣，生机勃勃的季节。

七连宿舍上空，吹响起嘹亮的集合号声。全连同志随着号音跑出宿舍，排列起严整的队列。这支被重新打造过的

"兵器"，在队前迎风飞扬的"训练先行连"旗帜的引领下，满怀新奇而自豪的心情，声音洪亮地唱响起军歌，迈开整齐的步伐，向着军营大门口进发。

"一颗红星头上戴，
红色领章放光彩。
我们是毛主席的好战士，
我们是工农红军的好后代。
红军好传统，牢牢记心怀。
艰苦奋斗不变质，
永做革命促进派。
艰苦奋斗不变质，
永做革命促进派！"

山间公路上，一辆满载补充给连队新战士的卡车，正在向着前方的军营、向着那即将重新沸腾起来的火热生活，飞驰而来！

后记：在1979年的百万大裁军中，这支部队永远退出了人民解放军序列。

2007年四月初稿
2010年五月定稿